O amor que
acende a lua

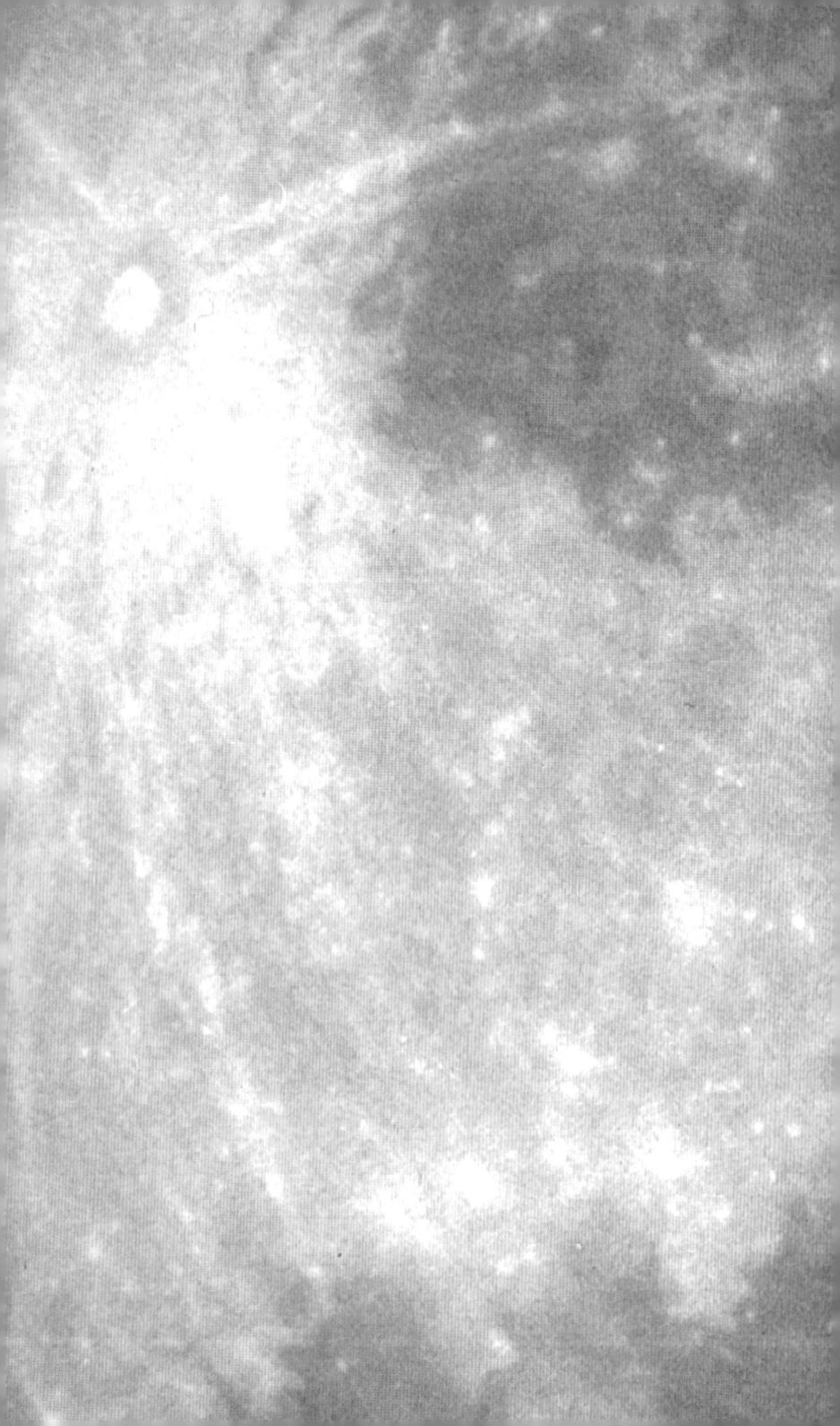

O amor que acende a lua

Rubem Alves

PAPIRUS

Capa	Fernando Cornacchia
Fotos de capa e miolo	Walter J. Maluf (Observatório de Capricórnio, Campinas, SP)
Fotomontagem do autor	Gabriela Couto
Revisão	Lúcia Helena Lahoz Morelli e Maria Rita Barbosa Frezzarin

Dados Internacionais de Catalogação na Publicação (CIP)
(Câmara Brasileira do Livro, SP, Brasil)

Alves, Rubem
   O amor que acende a lua/Rubem Alves. – 15ª ed. – Campinas, SP: Papirus, 2011.

ISBN 978-85-308-0576-0

1. Crônicas brasileiras I. Título.

11-14600   CDD-869.93

Índice para catálogo sistemático:
1. Crônicas: Literatura brasileira   869.93

15ª Edição – 2011
12ª Reimpressão – 2024
Tiragem: 600 exs.

Exceto no caso de citações, a grafia deste livro está atualizada segundo o Acordo Ortográfico da Língua Portuguesa adotado no Brasil a partir de 2009.

Proibida a reprodução total ou parcial da obra de acordo com a lei 9.610/98.
Editora afiliada à Associação Brasileira dos Direitos Reprográficos (ABDR).

DIREITOS RESERVADOS PARA A LÍNGUA PORTUGUESA:
© M.R. Cornacchia Editora Ltda. – Papirus Editora
R. Barata Ribeiro, 79, sala 316 – CEP 13023-030 – Vila Itapura
Fone: (19) 3790-1300 – Campinas – São Paulo – Brasil
E-mail: editora@papirus.com.br – www.papirus.com.br

Na Antiguidade as campanhas de guerra eram suspensas durante o inverno. O inverno era, por excelência, a estação pacífica... A neve cai em silêncio, enchendo os buracos, nivelando as asperezas das coisas. A silenciosa nevada é como um manto de brancura, nivelação, alisamento... É como a alma da criança e do ancião, silenciosas e lisas. Os grandes silêncios da alma das crianças! Os grandes silêncios da alma do ancião. E a brancura alisante de uma e da outra!

Miguel de Unamuno

Este livro eu dedico às minhas netas
Mariana,
Camila,
Ana Carolina,
Rafaela
que continuem sempre crianças,
mesmo depois de velhas...

LUA NOVA

Em defesa das flores 13
Em defesa das árvores 19
Em defesa da vida 25
O sermão das árvores 33
O anestesista 39
Coitado do corpo... 45
Três causos 51

LUA CRESCENTE

A pipoca 59
Escutatória 65
Se eu fosse você... 73
O albergue 81
Os moradores do albergue 89
O cemitério 97
A arte de engolir sapos 105
Dor de ideia 111
A aula e o seminário 117
Variação sobre um tema antigo 125
Conchas ou asas? 131

LUA CHEIA

A rosa não mais floresce... 141
Por que a rosa não mais floresce? 147
Aos apaixonados 153
Que bom que eles se casaram... 159
Um caso de amor com a vida 165
Por quê? 171

LUA MINGUANTE

De excrementis diaboli 181
"... e uma criança pequena os guiará" 187
O Deus menino 195
Duas estórias de Natal 203
Em nome do Avô, do Neto e da Brincadeira... 209

Em defesa das flores

"Quero lhe fazer um pedido", disse a voz feminina do outro lado da linha. Era uma voz agradável, musical, firme – de uma mulher ainda jovem. "Sim?" – eu perguntei de forma lacônico-psicanalítica, não sem uma pitada de medo. Muitos pedidos estranhos me são feitos. "Eu queria que o senhor escrevesse uma crônica em defesa das flores..." Sorri feliz. As flores fazem parte da minha felicidade. Do outro lado da linha estava uma pessoa que amava as flores como eu. Na minha imaginação apareceram campos floridos: tulipas, girassóis, margaridas, trevos (sim, essa praga!). Versinho da Emily Dickinson:

*Para se fazer uma campina
é preciso um trevo e uma abelha,
um trevo, uma abelha e fantasia...
Mas faltando abelhas
basta a fantasia...*

Sim, com trevos se fazem campinas floridas! – qualquer tipo de flor vale a pena... Aí ela se explicou: "Tenho dó das flores nas coroas funerárias. Eu queria que algo fosse feito para protegê-las, para impedir que aquele horror se fizesse a elas." Minha imaginação passou das flores livres dos campos para as flores torturadas dos velórios. Concordei com a Carolina (esse era o nome da mulher – jovem de oitenta anos). Não conheço nada de maior mau gosto que os velórios. Ali tudo é feio. Tudo é grosseiro. As urnas funerárias – falta a elas a simplicidade de linhas. Parecem-se com essas mulheres que se cobrem de bijuterias – pensando que assim ficam bonitas. Os suportes metálicos, então, são horrendos. O saguão do velório do Cemitério da Saudade, até a última vez que fui lá, estava cheio de frases graves e amedrontadoras do tipo: "Eterno e silencioso é o descanso dos mortos." Que coisa horrível! Pior que as piores visões do inferno! No inferno pelo menos há movimento. Mas no tal descanso eterno tudo é silencioso. A música e os risos estão proibidos. Eu ficaria louco na hora, teria impulsos suicidas. Mas a desgraça é que, estando eu já morto, me seria impossível dar cabo de minha vida.

Aos múltiplos horrores estéticos junta-se o horror das coroas de flores. Comparem a beleza de uma flor, uma única flor, um trevo azul de simetria pentagonal, com o horror de uma coroa. Olhando para a florinha do trevo meus pensamentos ficam leves, flutuam. Olhando para uma coroa meus pensamentos ficam pesados e feios. Numa coroa todas as flores deixam de ser flores. Elas não mais dizem o que diziam. Não mais são o que eram. Amarradas, contra a vontade, num anel artificial, do qual pendem fitas roxas com palavras douradas. São, as coroas, de uma vulgaridade espantosa. Ali as não flores só servem de enchimento para os nomes.

Eu tenho uma teoria para explicar o horror estético dos velórios. Quem me instruiu foi a Adélia Prado. Diz ela:

No cemitério é bom de passear.
A vida perde a estridência,
o mau gosto ampara-nos das dilacerações.

E eu que nunca havia pensado nisso, na função terapêutica do mau gosto! Nem Freud pensou. A gente vai lá, com a alma doída, coração dilacerado de saudade, e o mau gosto nos dá um soco. A saudade foge, horrorizada, por precisar da beleza para existir – e o que fica no seu lugar é o espanto.

Pronto! Estamos curados! O mau gosto exorcizou a dilaceração. Foi precisamente isto que aconteceu com uma amiga minha. Foi ao velório de uma pessoa querida para chorar. Aí o oficiante (se foi padre ou pastor não vou dizer) começou a falar. E as coisas que ele disse foram de tão horrível mau gosto que sua alma foi se enchendo de raiva por ele, e a dor pela amiga morta se foi.

Os velórios são ofensas estéticas que se fazem aos mortos. Velórios deveriam ser belos. Camus, no seu estudo sobre o suicídio, diz que o suicida prepara o seu suicídio como uma obra de arte. Não sei se isso é verdade. Mas sei que cada um deveria preparar o seu velório como uma obra de arte.

"Beber o morto" – essa é a expressão que se usa em algumas regiões do Brasil para designar o ato de beber um gole de pinga em homenagem ao falecido. Costume certamente inspirado na eucaristia, que é o ritual no qual se bebe um copo de vinho em homenagem a Jesus Cristo. Acho que um velório deveria ser assim, uma refeição antropofágica em que se servem aquelas coisas que o morto mais amava. Poderíamos, assim, definir um velório como um ritual no qual se serve a beleza que o morto gostaria de servir. Os vivos, amigos, têm de garantir que a sua vontade seja realizada.

Um conhecido, nos Estados Unidos, doou o seu corpo para a escola de medicina. Então, não haveria nem velório nem enterro. Ele – malandro – deixou uma soma de dinheiro para um jantar oferecido aos seus amigos. Eles se reuniram, comeram, beberam, conversaram, riram e choraram pela vida do amigo querido. Outro, também nos Estados Unidos, morreu no outono. No outono as folhas das árvores ficam vermelhas e amarelas, antes de caírem das árvores, mortas. O outono anuncia o velório do ano com uma beleza que não pode ser descrita. Pois ele pediu que seu ataúde fosse simples, rústico, tábuas nodosas de pinheiro, que a sua esposa cobriu com um lençol branco em que folhas de outono, vermelhas e amarelas, haviam sido costuradas.

Um velório deveria ter a beleza do outono, toda a beleza do último adeus. Os oficiantes teriam de ser os melhores amigos. Que sabem os profissionais da religião da beleza que morava naquele corpo? Quanto a mim, não desejo ser enterrado em ataúde. Sofro de claustrofobia. A ideia de ficar trancado numa caixa me causa arrepios. Acho a cremação um lindo ritual. Neruda declarou que os poetas são feitos de fogo e fumaça. As cinzas, soltas ao vento, lançadas sobre o mar, colocadas ao pé de uma árvore, são símbolos da leveza, da liberdade e da vida. Teria de haver música, do canto gregoriano ao Milton. E poesia. Nada de poesia fúnebre. Cecília

Meireles para dar tristeza. Fernando Pessoa para dar sabedoria. Vinícius de Moraes para falar de amor. Adélia Prado para fazer rir. E Walt Whitman para dar alegria. E comida. De aperitivo, Jack Daniel's. Ainda vou contar a estória do Jack – estória de amizade. Comida de Minas. De entrada, sopa de fubá com alho, minha especialidade. Depois, frango com quiabo, angu e pimenta, a mais não poder. E, de sobremesa, minhas frutas favoritas, se sua estação for: caqui, manga, jabuticaba, banana-prata bem madura.

Coroas de flores mortas, nem pensar! Pedirei aos que me amam que semeiem flores em algum lugar – um vaso, um canteiro, à beira de um caminho. Se não for possível, que distribuam pacotinhos de sementes entre as crianças de alguma escola, entre os velhos de algum asilo. E, se for possível, uma árvore. Ah! Que linda prova de amor é plantar uma árvore para que alguém amado, ausente, possa se assentar à sua sombra.

Se você for primeiro do que eu, Carolina, prometo: não mandarei coroa. Mas plantarei uma flor.

Em defesa das árvores

Estava eu na sala de espera do meu médico, trabalhando absorto no meu *laptop* para matar o tempo, os oclinhos de ver de perto na frente dos olhos, ao longe tudo era um borrão, quando, de repente, um borrão alto se colocou à minha frente. Baixei os oclinhos para ver à distância: era um homem que conheci menino, de precoce vocação científica, posto que, menino ainda, se comprazia em experimentos incendiários com gases malcheirosos. Depois dos cumprimentos de praxe, e sem mais delongas, ele disse: "Rubem, escreva uma crônica em defesa das árvores." Havia indignação em sua voz, e ele relatou:

Havia, no terreno do meu vizinho, um ipê maravilhoso, árvore muito velha, tronco grosso, que anualmente produzia uma floração cor-de-rosa, para espanto e felicidade de todos. Pois, sem maiores avisos, o tal vizinho cortou o ipê. Fiquei indignado e fui saber das razões do assassinato. Que mal lhe teria feito aquela árvore mansa? E ele me explicou que as raízes do velho ipê estavam rachando o seu muro de tijolos e argamassa. Um ipê que leva cinquenta anos para crescer cortado por causa de um muro que se constrói num dia! Aí lhe perguntei: "Por que não me falou? Eu teria pago a reconstrução do seu muro..."

E concluiu: "Você escreve uma crônica?"

Tive uma reação desanimada. Lembrei-me das palavras tristes do Vinícius no seu poema *O haver*, em que fala da "sua inútil poesia". Sinto assim de vez em quando, que aquilo que escrevo é inútil. Os que têm poder nem leem, e se leem não levam a sério. As razões que movem a política são as razões dos machados e das serras; não são as razões da beleza. Escrever, para quê? Para sensibilizar o vizinho que gosta mais de um muro que de um ipê? O que eu escrevesse só encontraria eco naqueles que amam mais os ipês que os muros. Mas, nesse caso, minha escritura seria desnecessária. E para os que amam mais os muros que os ipês ela seria inútil. Aí me lembrei de um poema de Chuang-Tzu, escrito séculos antes de Cristo: "Eu sei que não terei sucesso. Tentar forçar os resultados somente aumentaria a confusão. Não será melhor desistir e parar de me esforçar? Mas, se eu não me esforçar, quem o fará?" As palavras do sábio foram uma repreensão ao meu desânimo. Comecei a pensar. Lembrei-me de fato semelhante acontecido na minha rua. Havia um ipê-amarelo que florescia no mês de julho. O chão ficava dourado com suas flores. Mas a dona da casa em frente ao ipê e a sua incansável vassoura deram o nome de "sujeira" ao dourado das flores caídas. E, um belo dia, a árvore amanheceu com um anel cortado na sua casca. As veias pelas quais sua seiva circulava haviam sido seccionadas durante a noite. O ipê morreu. A vassoura triunfou. Há pessoas cujas ideias nascem da vassoura. Visitando um amigo que mora num condomínio rico de Campinas alegrei-me vendo que ele era todo arborizado com magnólias. As flores das magnólias são quase insignificantes. Mas o perfume é maravilhoso. Quem respira o perfume de uma magnólia tem a alma tocada pelo divino. Aí o meu amigo apontou para uma casa do outro lado da rua. Lá não havia magnólias. E explicou: "A dona da casa disse que dava muito trabalho varrer as folhas que caíam no chão." Agora mesmo, a um quarteirão de onde escrevo, havia três daquelas árvores que se chamam chapéu-de-sol, de folhas largas e sombra generosa. Pois a dona da casa mandou cortar todos os galhos das três, ficando só os toquinhos. Ficaram parecidas com cabides de pendurar chapéu. Mas as árvores não guardam rancor. Trataram de continuar a viver – e nos toquinhos surgiram brotos verdes, como um gesto de perdão. Percebendo que as árvores insistiam em viver, ela mandou que todos os brotos fossem arrancados. Quando as serras da CPFL mutilaram as velhas paineiras da avenida Orosimbo Maia, que todos amavam, houve uma onda de indignação que ocupou as manchetes do jornal *Correio Popular*. Pois um leitor escreveu aborrecido porque o jornal perdia tanto tempo com uma coisa sem importância como árvores.

O prazer em cortar árvores, me parece, está ligado à volúpia do poder. Quem corta, tortura ou mata experimenta o prazer de exercer poder sobre o mais fraco. Mas acho que o prazer em cortar árvores está ligado a uma coisa mais sinistra. Suspeito que estejamos vivendo um momento de metamorfose da nossa condição humana. Até agora temos sido habitantes do mundo da vida. Nosso *habitat* é constituído por florestas, animais, rios e mares. Somos seres biológicos, corpos. Mas agora estamos mudando de casa. Estamos trocando nossa casa biológica por uma outra casa, eletrônica. Há tempos fiz a travessia dos lagos andinos – cenários maravilhosos, entre lagos, vulcões e florestas –, passando por Bariloche e terminando em Buenos Aires. Em Bariloche fiquei conhecendo um casal que fazia o mesmo percurso com dois filhos adolescentes. Fui reencontrá-los numa das ruas centrais de Buenos Aires. "Graças a Deus, estamos aqui!", me disse o marido. "Já não aguentávamos mais: só lagos, montanhas e árvores. Aqui, felizmente, temos os *videogames*." Virei Hulk na mesma hora e lhe disse: "Tomaram a excursão errada. Seu destino era Las Vegas!" Mas eles nada mais fizeram que expressar de forma grosseira o que já ficou normal. Nenhum adolescente troca um *videogame* por jardinagem. Nos filmes de ficção científica do tipo *Guerra nas estrelas*, que emocionam milhões, não há árvores, somente máquinas com inteligência eletrônica. Nossas inteligências estão cada vez mais ligadas aos vídeos e computadores e cada vez mais distantes da natureza. Há crianças que nunca viram uma galinha de verdade, nunca sentiram o cheiro de um pinheiro, nunca ouviram o canto do pintassilgo e não têm prazer em brincar com terra. Pensam que terra é sujeira. Não sabem que terra é vida.

As nossas escolas – seria bom se elas ensinassem as crianças a amar as árvores. Chamar pelo nome e amar as paineiras, as sibipirunas, as magnólias, os pinheiros, as mangueiras, as pitangueiras, os jequitibás, os ipês, as quaresmeiras...

Aprendi na escola que os homens são uma forma de vida mais evoluída que as árvores. Estou brincando com a possibilidade do contrário: que as árvores sejam mais evoluídas que nós. Se assim não fosse por que haveriam as Escrituras Sagradas de comparar o homem feliz com uma árvore plantada próximo a ribeiros de águas? Com o que concorda Alberto Caeiro:

"Sejamos simples e calmos como os regatos e as árvores, e Deus amar-nos-á fazendo de nós belos como as árvores e os regatos..." Deus nos amará quando formos como as árvores!

Ninguém vai para o inferno. Os que não amam as árvores também vão para o céu. Mas, como todos sabem, o céu é o lugar onde se encontram as coisas que amamos. O lugar onde se encontram as coisas que não amamos é o inferno. Assim, para os que não amam as árvores, um lugar com bosques, florestas, flores e riachos seria o inferno. Eles não irão para o inferno de árvores. Irão para o seu céu sem árvores, pois é isso que eles amam. Morarão numa cidade planejada pelo Niemeyer onde tudo será feito de concreto segundo formas geométricas perfeitas, em nada semelhantes às coisas vivas. Os prédios do Congresso Nacional, em Brasília, são uma metade de esfera voltada para cima e uma metade de esfera voltada para baixo, sem janelas. Na cidade planejada pelo Niemeyer as árvores não sujarão as calçadas com suas folhas e flores. As árvores serão de concreto, semelhantes aos cogumelos: uma esfera cortada pelo meio equilibrando-se sobre um cilindro. O bom disso é que não haverá despesas com jardineiros. E as donas de casa não precisarão varrer a calçada.

Em defesa da vida[*]

É um homem grande, 1,90 m de altura; obviamente, um homem forte. Seus cabelos castanhos já estão grisalhos. E tem um grande bigode. Seus olhos profundos são azuis e bondosos. E o seu piscar revela humor. Um veadinho se esfrega nele pedindo carinho e sua mão grande deixa a caneta sobre a mesa e delicadamente agrada o bichinho. Lá fora, os crocodilos algumas vezes dormem com suas enormes mandíbulas abertas. E há os hipopótamos, os pelicanos, a vegetação impenetrável que se reflete nas águas barrentas do rio.

A aparência é de um homem solidamente plantado neste mundo. Mas não é verdade. Seu coração e sua cabeça

---

[*] Publicada originalmente no *Correio Popular* com o título "Albert Schweitzer".

movem-se de acordo com uma lógica estranha de um outro mundo que só ele vê.

Nasceu em 1875, numa aldeia da Alsácia, filho de um pastor protestante. Desde muito cedo ficou claro que ele era diferente. Sua sensibilidade para a música chegava à dor. Ele mesmo conta que, na primeira vez em que ouviu duas vozes cantando em dueto – ele era muito pequeno ainda –, teve de se encostar na parede para não cair. Em outra ocasião, ouvindo pela primeira vez um conjunto de metais, ele quase desmaiou por excesso de prazer. Com cinco anos começou a tocar piano. Mas logo se apaixonou pelo órgão de tubos da igreja na qual o seu pai era pastor. Aos nove anos já era o organista oficial da igreja, e tocava para os serviços religiosos.

Sentimento amoroso idêntico lhe provocavam os animais. Ele relata que, mesmo antes de ir para a escola, lhe era incompreensível o fato de que nas orações da noite que sua mãe orava com ele apenas os seres humanos fossem mencionados.

> Assim, quando minha mãe terminava as orações e me beijava, eu orava silenciosamente uma oração que compus para todas as criaturas vivas: "Oh, Pai celeste, protege e abençoa todas as coisas que vivem; guarda-as do mal e faz com que elas repousem em paz."

Ele conta de um incidente acontecido quando ele tinha sete ou oito anos de idade. Um amigo mais velho ensinou-o a fazer estilingues. Por pura brincadeira. Mas chegou um momento terrível. O amigo convidou-o a ir para o bosque matar alguns pássaros. Pequeno, sem jeito de dizer não, ele foi. Chegaram a uma árvore ainda sem folhas onde pássaros estavam cantando. Então o amigo parou, pôs uma pedra no estilingue e se preparou para o tiro. Aterrorizado, ele não tinha coragem de fazer nada. Mas nesse momento os sinos da igreja começaram a tocar, ele se encheu de coragem e espantou os pássaros.

Seu amor pelas coisas vivas não era apenas amor pelos animais. Ele sabia que por vezes era preciso que coisas vivas fossem mortas para que outros vivessem. Por exemplo, para que as vacas vivessem os fazendeiros tinham de cortar a relva florida com ceifadeiras. Mas ele sofria vendo que, tendo terminado o trabalho de cortar a relva, ao voltar para casa, as suas ceifadeiras fossem esmagando flores, sem necessidade. Também as flores têm o direito de viver.

Também não podia contemplar o sofrimento dos animais em cativeiro.

Detesto exibições de animais amestrados. Por quanto sofrimento aquelas pobres criaturas têm de passar a fim de dar uns poucos momentos de prazer a homens vazios de qualquer pensamento ou sentimento por eles.

O nome desse jovem era Albert Schweitzer. Doutorou-se em música, tornou-se o maior intérprete de Bach da Europa, dando concertos continuamente. Doutorou-se em teologia e escreveu um dos mais importantes livros de teologia deste século. Doutorou-se também em filosofia, e era professor na universidade de Estrasburgo, sendo também pastor e pregador.

Schweitzer tinha tudo aquilo que uma pessoa normal poderia desejar. Ele era reconhecido por todos. Mas havia uma frase de Jesus que o seguia sempre: "A quem muito se lhe deu, muito se lhe pedirá." E, aos vinte anos, ele fez um trato com Deus. Até os trinta anos ele iria fazer tudo aquilo que lhe dava prazer: daria concertos, falaria sobre literatura, sobre teologia, sobre filosofia. Aos trinta anos ele iniciaria um novo caminho. E foi o que ele fez. Aos trinta anos entrou para a escola de medicina, doutorou-se, e mudou-se para a África, para tratar de uns pobres homens atacados pelas doenças e abandonados. E lá passou o resto de sua vida.

É preciso entender que Schweitzer não era só um médico curando doentes. Ele não se conformaria com isso.

Dentro dele viviam a música, a filosofia, o misticismo, a ética. Schweitzer sabia que somente o pensamento muda as pessoas. E o que ele mais desejava era descobrir o princípio que vivia encarnado nele. E ele conta que foi numa noite – ele e remadores navegavam pelo rio para chegar a uma outra aldeia. Seu pensamento não parava, e ele se perguntava: "qual é o princípio ético?" De repente, como um relâmpago, apareceu na sua cabeça a expressão: "reverência pela vida". Tudo o que é vivo deseja viver. Tudo o que é vivo tem o direito de viver. Nenhum sofrimento pode ser imposto sobre as coisas vivas, para satisfazer o desejo dos homens.

Há algo estranho na psicologia de Schweitzer. Um dos maiores desejos da alma humana – de todos – é o desejo de reconhecimento. Na Europa Schweitzer era admirado universalmente: organista, filósofo, teólogo, escritor. Aos vinte e poucos anos seu nome já era símbolo. Aí toma uma decisão que o levaria para longe de todos os olhos que o admiravam: a absoluta solidão de uma aldeia miserável. Hoje uma decisão como a dele seria imediatamente notada: os jornais e a televisão logo fariam brilhar a sua imagem de cavaleiro solitário – e ele apareceria como herói. Seria grande, imensamente grande na sua renúncia! Também as renúncias podem ser motivo de vaidade! (A esse respeito relembro a última cena do filme *O advogado do diabo*. Merece ser visto de novo.) Mas ele opta pela invisibilidade, a solidão, longe de todos os olhos e de todos os aplausos. Isso só tem uma explicação: ele era, antes de tudo, um místico. O que lhe importava não era o brilho narcísico mas a consciência de ser verdadeiro com o princípio de "reverência pela vida", o seu mais alto princípio religioso.

Esse princípio, Schweitzer viveu intensamente. Não é difícil ter reverência pelas coisas fracas: a relva, os insetos, os animais. Fracos, eles não têm o poder de nos resistir. Difícil é ter reverência pelos homens fortes, que se encontram ao nosso lado. Jesus ordenou "amar o próximo". Porque é fácil amar o distante. O próximo é aquele que está no meu caminho, que tem o poder de me dizer não. Mais difícil que amar os doentes, que são carência pura, fraqueza pura, dependência pura, mendicância pura, é amar aqueles que estão ao meu lado e que são tão fortes quanto eu. Reverência pelos que estão ao meu lado. Se Schweitzer se relacionou com os pobres negros doentes por meio da compaixão, ele se relacionou com seus próximos, iguais, companheiros de hospital, por meio de amizade. E ele formula, na sua *Ética*, o princípio de que "um homem nunca pode ser sacrificado para um fim".

Schweitzer não era um ser deste mundo. Talvez ele tenha compreendido isso e essa tenha sido uma das razões por que ele saiu do mundo civilizado, embrenhando-se nas selvas da África. No mundo civilizado, das organizações, será possível ter reverência pelo próximo? Na lógica das organizações não há "próximos" nem amigos. A lógica das organizações diz: "Cada funcionário é apenas um *meio* para o *fim* da organização, não importa quão grandioso ele seja!" Nas organizações, os sinos das igrejas não tocam para impedir que o pássaro seja morto.

O sermão das árvores

Relata-se que São Francisco – a quem muito amo – pregava aos peixes e às aves. Se a lenda é verdadeira imagino que os peixes e as aves, ouvindo a pregação do santo, riam e sorriam discretamente para não ofendê-lo. E isso porque não se pode pregar a seres perfeitos. Prega-se a seres imperfeitos para que eles se tornem perfeitos. Acontece que peixes e aves são perfeitos, são felizes naquilo que são. Peixes não querem ser aves. Aves não querem ser peixes. Mangueiras não pensam jabuticabas. Jabuticabeiras não pensam mangas. Fico pasmado, olhando uma jabuticabeira florida no Dalí. Pobrezinha, teve galhos cortados, ficou espremida entre paredes. Mas ela tudo ignora. Está coberta de flores brancas. É como se tivesse caído neve. As flores têm aquele delicioso perfume de infância e pés descalços. As abelhas, atraídas pelo perfume, vêm e zumbem, zumbem... Assim é: cada bicho e cada planta estão contentes com o que são. São felizes no que são. Feuerbach, filósofo-poeta sensível, observou sobre a desconhecida psicologia das plantas: "Se as plantas tivessem olhos, gosto e capacidade de julgar, cada planta diria que a sua flor é a mais bonita." Esse não é o nosso caso. Somos os únicos seres que não estão contentes com o que são. Queremos ser diferentes. Por isso estamos infelizes e doentes.

> *Ah, como os mais simples dos homens*
> *São doentes e confusos e estúpidos*
> *Ao pé da clara simplicidade*
> *E saúde em existir*
> *Das árvores e das plantas!,*

dizia Alberto Caeiro. Assim, o certo não somos nós. Confusos e estúpidos, pregamos às criaturas. O certo é que elas, felizes, preguem a nós. As criaturas falam. O salmista olhava para os céus e percebia que pelos espaços vazios se ouvia a pregação sem linguagem e sem fala das estrelas (salmo 19). Olhava, fechava a boca e escutava. Mas nós, cuja loucura está em nos considerarmos superiores, achamos que podemos pregar e ensinar. Parte da nossa estupidez é a incontinência verbal, a constante ejaculação de palavras – quando a verdadeira sabedoria seria fazer silêncio, parar os pensamentos, para ouvir a pregação das estrelas, dos peixes, das aves, das plantas.

Jesus dizia aos perturbados pelas ansiedades da vida que eles deviam olhar para as flores a fim de aprender delas tranquilidade. O salmista (salmo 1) pregava aos homens falando de um ideal de vida em que somos como "a árvore plantada junto a ribeiros de águas". Regatos e árvores nos ensinam sabedoria.

Por isso, continua em mim a suspeita de que as árvores são uma forma mais evoluída de vida que a nossa. Me contestarão dizendo que somos superiores porque pensamos e as árvores não. Pergunto se a capacidade de pensar é sinal de superioridade. O pensamento não surge, precisamente, da nossa doença? Ou como sintoma dela ou como tentativa de cura? Caeiro dizia que "pensar é estar doente dos olhos". Pensamos porque não estamos felizes com o que somos. Quando estou feliz meus olhos veem a árvore e descansam nela. Não penso outras coisas. Eu e a árvore somos um. Quando estou doente meus olhos veem a árvore mas não descansam nela. Penso. Meu corpo, no pensamento, vai para um outro lugar. Pensamos porque não estamos felizes onde estamos. Daí a nossa agitação, tão bem-descrita numa palavra inglesa que não pode ser traduzida: *restlessness*: o estado em que estamos permanentemente sem descanso. Inclusive eu, que penso esses pensamentos: penso para ver se descubro uma forma de ficar simples e calmo como as árvores.

Gosto de caminhar. Caminho olhando para cima e para os lados. Acho estranhas as pessoas que caminham olhando para o chão. Compreendo. Para elas não faz diferença. O pensamento delas não está colado ao corpo. Se estivesse, ele estaria colado às árvores, aos pássaros, ao céu, e elas estariam olhando para os lados e para cima. Infelizes, o pensamento caminha por outros lugares. Por isso, é indiferente que olhem para o chão ou para as árvores.

Olho para cima e para os lados para ver as árvores. Tento ouvir a sua silenciosa pregação. Se pregam é porque pensam. Mas seus pensamentos são diferentes dos nossos. Elas pensam da mesma forma como produzem brotos e flores. Não pensam pensamentos da cabeça, como nós. As árvores não têm cabeça. Não precisam ter cabeça. Elas pensam com o corpo: raízes, tronco, galhos, folhas, flores, frutos. Pensam sempre os pensamentos que devem ser pensados, isto é, pensamentos que têm a ver com a vida. Agora, depois da chuva, as tipuanas e outras árvores estão cobertas de brotos novos. Os brotos novos são seus pensamentos alegres, pensamentos que as árvores devem ter, quando a primavera se aproxima. Os ipês têm outros pensamentos. Eles não são iguais às tipuanas. Estão floridos. Faz duas semanas, eram os ipês-amarelos. Agora, os ipês-rosas e os ipês-brancos. Floriram não por felicidade mas por medo. Floriram por causa da seca. Floriram por medo de morrer e trataram de ejacular sementes para que, no evento de sua morte, suas sementes estivessem espalhadas pelo mundo. Os ciprestes italianos têm fantasias teológicas: afinam-se e querem tocar os céus. Os chapéus-de-sol – que alguns chamam de amendoeiras –, ao contrário, são seres desse mundo. Estendem seus galhos na horizontal. Os paus-ferro, livres de cascas velhas enrugadas, exibem uma pele lisa e branca onde pessoas malvadas gravam, a canivete, seus nomes. Passo neles a minha mão porque é gostoso sentir sua lisura.

As árvores jovens têm a sua beleza. Mas, sendo jovens, não têm estórias para contar. Não se pode assentar à sua sombra, suas copas oferecem pouco lugar para os pássaros e seus galhos não são fortes o bastante para que neles se amarrem balanços. "Olhe estas velhas árvores. Quanto mais velhas mais amigas..." – dizia Bilac. Isso, isso mesmo. As árvores são amigas. Estão sempre fielmente no mesmo lugar, à espera. E se não comparecermos, elas continuarão lá, do mesmo jeito. E sem nada dizer. E jamais se vingam. É só olharmos para elas com a cabeça vazia de pensamentos para sermos possuídos por uma imensa tranquilidade.

As árvores sabem que a única razão da sua vida é viver. Vivem para viver. Viver é bom. Raízes mergulhadas na terra, não fazem planos de viagem. Estão felizes onde estão. Enfrentam seca e chuva, noite e dia, chuva e calor, com silenciosa tranquilidade, sem acusar, sem lamentar. E morrem também tranquilas, sem medo. Ah! Como as pessoas seriam mais belas e felizes se fossem como as árvores. É possível que os estoicos e Spinoza tenham se tornado filósofos tomando lições com as árvores.

Olhando para as árvores, tive por um momento a ideia de que Deus é uma árvore em cuja sombra nós, crianças, brincamos e descansamos. Pura generosidade sem memória.

Acho que o verdadeiro, sobre São Francisco, não é que ele tenha pregado aos peixes e pássaros. A verdade é que ele ouviu o sermão das árvores. Por isso ficou tão manso, tão tranquilo. Ele tinha a beleza das árvores. Estava reconciliado com a vida. Então os pássaros fizeram ninhos nos seus galhos e os peixes comeram dos seus frutos que caíam na água...

Sejamos simples e calmos
Como os regatos e as árvores,
E Deus amar-nos-á fazendo de nós
Belos como as árvores e os regatos,
E dar-nos-á verdor na sua primavera,
E um rio aonde ir ter quando acabemos!...
(Alberto Caeiro)

O anestesista

A anestesia foi a primeira de todas as especialidades médicas. São as Escrituras Sagradas que o afirmam. Pois Deus, para retirar de Adão a costela necessária para a criação de Eva, fez cair sobre o homem um sono profundo. Isso, fazer dormir, é ato de anestesista. Foi só então, depois de exercer as funções de anestesista, que Deus se transformou em cirurgião. Deus não queria que o homem sentisse dor. Uma cirurgia feita sem anestesia é uma experiência de uma brutalidade indescritível. Muitos prefeririam morrer a sofrer os horrores da dor de uma cirurgia sem anestesia. O livro *O físico* descreve como era a cirurgia antes da descoberta da anestesia. Amputação de uma perna. A pessoa amarrada. A navalha cortando a carne. Os gritos. As contorções do corpo. O sangue jorrando. Depois a serra no seu reque-reque serrando o osso. Seguia-se a costura da carne. E, para terminar, o cautério com azeite fervente ou ferro incandescente.

A dor é o que existe de mais terrível na condição humana. Muito cedo nós a experimentamos. O nenezinho chora e se contorce com suas cólicas. Delas não tenho memória. Mas me lembro das cólicas do meu primeiro filho, que chorou por seis meses, sendo que todos os chás, remédios e benzeções foram inúteis. A única coisa que aliviava era pegá-lo no braço e colocá-lo de barriga para baixo. Todo pai gostaria que os deuses fossem caridosos e transferissem para ele a dor do filho. Doeria menos sentir a dor do filho que vê-lo sentindo dor sem nada poder fazer.

Dores fazem parte da infância: dor de barriga, dor de dente, dedo cortado com faca, pé cortado em caco de vidro, perna quebrada, galo na testa, martelada no dedo. Aos doze anos entrei correndo na cozinha no momento em que a cozinheira levava uma panela de água fervente. A colisão foi inevitável. A água me caiu no ombro e escorreu pelo peito e pelo braço direito. Ainda tenho marcas. Nunca me esquecerei. Depois vieram outras dores. Cólica de apendicite, cólica de cálculo renal. Dizem que é pior que dor de parto. Só me lembro que uma vez, havendo sido inúteis seis injeções de Buscopan, a dor sendo tão forte que o vômito vinha, o médico ordenou a dolantina. Cinco minutos depois eu não tinha mais dor. Conheci então a felicidade celestial! Não existe nada mais maravilhoso que não sentir dor! Experimentei depois as dores das hérnias de disco. Há sempre o recurso à cirurgia – mas não é sempre que os resultados são definitivos. Um ortopedista que consultei me disse: "Só opero hérnia quando o paciente ameaça suicidar-se!..." Claro, foi uma brincadeira. Brincadeira curta que juntava duas verdades. Primeiro, o caráter duvidoso da cirurgia. Segundo, que a dor pode ser tão forte que as pessoas chegam a imaginar que viver com dor tamanha não vale a pena. É melhor morrer. Na morte não se sente dor.

Meu filho Sérgio, o que sofreu cólicas por seis meses, é médico e se especializou em anestesia. É possível que Freud explique. Nossos impulsos vocacionais têm raízes em lugares obscuros da alma. O que não acontece com as escolhas profissionais, que nascem de considerações racionais sobre o mercado de trabalho. É possível que sua vocação de anestesista tenha nascido de suas experiências esquecidas de sofrimento. Aí ele sentiu que seu destino era lutar contra a dor.

A anestesia é uma especialidade modesta. É o cirurgião que executa o grande ato! É ele que é o herói! É o seu nome que é lembrado. É o cirurgião que ganha mais. E, no entanto, enquanto o cirurgião está com sua atenção concentrada no lugar preciso do corpo que ele corta e costura, o anestesista está com sua atenção concentrada na vida adormecida. Ele vigia os seus processos vitais. Ele cuida para que a vida não vacile enquanto o corpo é cortado.

Há também as dores da alma que nenhuma cirurgia consegue curar. O medo, por exemplo, não pode ser amputado. Pena. Porque o medo paralisa a vida. Dominada pelo medo, a vida se encolhe, perde a capacidade de lutar, entrega-se à morte. Animais amedrontados se deixam matar sem um único gesto de defesa. E, pelo que sei, as pessoas têm muito medo da anestesia, medo que chega a beirar o pânico, mais medo da anestesia que da violência do ato cirúrgico. É que elas têm medo de dormir. Quem dorme está indefeso, à mercê. Quem está dormindo volta a ser criança. As crianças têm medo de dormir. Por isso elas choram, não querem dormir sozinhas, desejam alguém ao seu lado. Alguém que cuide delas enquanto elas dormem. As canções de ninar são para tirar o medo a fim de que o sono seja tranquilo.

A anestesia pode ser feita de duas formas. A primeira é a anestesia como ato técnico, científico, competente, ato que se executa sobre o corpo da pessoa que vai ser operada. A segunda é igual à primeira, acrescida de um cuidado maternal. O anestesista assume, então, a função do pai e da mãe que cantam canções para espantar o medo. Foi o Sérgio que me contou. Conversamos muito sobre o que fazemos. E como ele se orgulha do que faz, ele me conta. Contou-me sobre as visitas aos pacientes amedrontados, às vésperas da cirurgia. Na maioria, crianças e adolescentes. O objetivo dessa visita é técnico: checar o estado físico do paciente: pressão, coração, vias respiratórias etc. Mas a pessoa que está ali é mais que um corpo. É um ser humano. Está com medo. Medo da dor. Medo da morte, pois nunca se pode ter certeza. É preciso espantar o medo para que a vida não se encolha. Mas o medo só sai quando se confia. Não é qualquer pessoa que tira o medo de dormir da criança. Há de ser alguém em quem ela confia. Essa pessoa, e somente ela, tem o poder de cantar uma canção de ninar. O anestesista se transforma então em mãe e em pai: pega no colo a criança amedrontada – diante da cirurgia todos nós somos crianças!

Aparece sempre a pergunta terrível: "Há riscos?" Aí é preciso ser verdadeiro.

> Sim, há riscos. Mas os riscos não são do tamanho que você imagina. Você tem medo de andar de carro? Pois os riscos da anestesia são infinitamente menores que os riscos de andar de carro. Pode ficar tranquilo. Amanhã estarei lá, tomando conta de você!

No dia seguinte, na sala de cirurgia, os rostos dos médicos e das enfermeiras cobertos pelas máscaras, ele abaixa a máscara, sorri para o paciente já meio grogue, e diz: "Estou aqui!"

Ele me contou de uma jovem que estava apavorada. O medo era enorme. Não conseguia se tranquilizar. Esgotados todos os recursos maternais, veio-lhe uma iluminação mística. "Você acredita em anjo da guarda?", ele perguntou para a menina. A menina respondeu: "Acredito." E ele concluiu: "Pois amanhã eu serei o anjo da guarda tomando conta do seu sono..." Ela ficou tranquila.

Coitado do corpo...

Conheci um professor de educação física que defendia a tese de que atletismo faz mal à saúde. E argumentava: "Você conhece algum atleta longevo? Quem vive muito são aquelas velhinhas sedentárias que tomam chá com bolo no fim da tarde..." Quando ele me disse isso pela primeira vez lembrei-me logo de minha mãe. Antigamente a medicina tinha ideias científicas diferentes. Ah! Como as opiniões da ciência são volúveis! Pois o que os cientistas diziam naqueles tempos é que é preciso economizar energia. Baseavam-se em evidentes analogias tiradas das máquinas (hoje os cientistas continuam a usar o modelo da máquina para entender o corpo humano). Primeiro a analogia do desgaste: carro que anda demais fica velho logo. Funde o motor. Ninguém quer comprar carro que já virou o velocímetro. Quem se movimenta demais logo gasta as juntas e os músculos. O melhor é ficar na rede. E há a analogia do combustível: se o carro rodar muito o combustível acaba. Mas se ficar na garagem o combustível não acaba. Vida é combustível. Tem limite. Quem vive muito intensamente corre o risco de morrer mais cedo. O melhor é ficar paradão. Meu tio, que era médico, sentenciava: "Nunca fique em pé quando puder ficar sentado; nunca fique sentado quando puder ficar deitado." Minha mãe seguiu rigorosamente o conselho do irmão. Morreu aos 93 anos.

Essas memórias me vieram quando li a notícia de que Florence Griffith Joyner havia sido fulminada por um infarto. Corpo fantástico, só músculos, a mulher mais rápida do mundo detinha há dez anos os recordes mundiais dos 100 e dos 200 metros. Deveria ter 140 de colesterol, coração com músculos de ferro – impossível que fosse morta por um infarto. Mas foi.

O sentido original da palavra estresse pertence à física, no campo da mecânica aplicada. O seu objetivo é determinar a resistência de um material – o que é de fundamental importância na construção de pontes, edifícios, aviões. Para se determinar a resistência de um material é preciso submetê-lo a estresse, isto é, a forças, até o ponto de ele se partir. Tomo um tijolo, coloco-o numa prensa e submeto-o a pressões. O ponto em que ele se partir será o seu limite. Tomo um fio de náilon e vou aumentando o peso que ele tem de suportar. O momento em que ele se partir será o seu limite.

O atletismo é a aplicação, sobre o corpo humano, das técnicas de estresse para se determinar a resistência dos materiais. O treino do atleta tem por objetivo aumentar a sua resistência. A competição tem por objetivo determinar o ponto além do qual ele não consegue ir. Há os testes de força e compressão (os halterofilistas), de elasticidade (saltos de todos os tipos), de velocidade, de resistência (por quanto tempo o corpo aguenta?). Os recordes estabelecem a *performance* máxima do corpo submetido a estresse máximo. A competição é essencial ao atletismo porque é só através dela que se podem fazer comparações. Comparo vários materiais para determinar sua resistência a um tipo de estresse. Comparo vários atletas por meio da competição para ver qual deles tem o melhor desempenho quando submetido ao estresse máximo. O corpo da Florence Griffith Joyner não aguentou. Arrebentou como um fio arrebenta se seu limite é ultrapassado. Se o atletismo é isso a tese do professor de educação física a que me referi está plenamente justificada.

O que move o atleta não é o prazer da atividade, em si mesmo. Se assim fosse, ele ficaria feliz em correr, nadar, saltar, sem precisar comparar-se com outros. Mas depois de correr ele consulta o seu relógio. Está comparando o seu desempenho em relação aos outros. Quando a gente se envolve numa atividade por prazer a gente está brincando. Não olha para o relógio. É o caso das crianças correndo – como potrinhos. Ou na água: como golfinhos. O espaço, representado pela grama, pela água, pelo vazio, é o seu companheiro de brincadeira. A atividade lúdica produz um corpo feliz.

A competição, representada no seu ponto máximo pelas Olimpíadas, é o oposto do brinquedo. Porque ela só acontece quando o corpo é levado ao limite do estresse. E o corpo, mais sábio que os atletas, não gosta disso. Ele sabe que é perigoso chegar aos limites. O corpo não gosta de competições e Olimpíadas. Competições e Olimpíadas são situações a que o corpo é submetido ao máximo estresse. Ou seja, situação de máximo sofrimento do corpo. O corpo vai contra a vontade. Basta observar a máscara de dor no rosto dos que competem. A competição é uma violência a que o corpo é submetido. A imagem mais terrível que tenho dessa violência é a daquela corredora suíça, ao final de uma maratona, algumas Olimpíadas atrás. Chegando ao estádio o corpo dela não aguentou. Os ácidos e o cansaço transformaram-no numa massa amorfa assombrosamente feia. Ele não queria continuar; desejava parar, cair. Mas isso lhe era proibido. Uma ordem interna lhe dizia: obedeça, continue até o fim. O público parou, perplexo. E ninguém podia ajudá-la. Se alguém o fizesse ela seria desclassificada. O comentarista, comovido, louvava o extraordinário espírito olímpico daquela mulher. Ele não compreendia o horror. De fato, o final do espírito olímpico é o corpo levado aos limites últimos de estresse. Aos limites do sofrimento. Como o corpo esculural de Florence Griffith Joyner.

Haverá coisa mais anticorpo, mais antivida? A competição não é motivada por amor ao corpo e ao seu prazer. Na competição o espaço não é companheiro de brincadeira, é inimigo a ser derrotado. O prazer de quem compete não se encontra na relação corpo-espaço, mas no resultado: quem teve a melhor *performance*. O objetivo da competição é a comparação. E a comparação é o início da inveja e da infelicidade humana.

O atletismo não é uma atividade natural. Animais não competem. Nenhum tem interesse em saber qual é o melhor. Eles não se comparam. Animais correm por prazer: cães e cavalos correm e pulam por prazer. Mas quando não estão brincando, isto é, quando não estão envolvidos no prazer da atividade, eles não fazem esforços desnecessários. Os movimentos dos animais são determinados por um estrito senso de economia. Só existe uma situação quando competem: onça e veado, gavião e coelho – quem perde ou morre ou fica com fome. O que não é o caso das pistas de atletismo.

E me intrigam as razões por que, nas competições, são apenas os músculos que são testados. O corpo não é formado apenas por músculos. O curioso é que quando se fala em "educação física" a imagem que aparece é a de um atleta com *short*, camiseta e tênis, pronto para alguma atividade que envolva o uso dos músculos. Mas os olhos, os ouvidos, a boca, o nariz, a pele são também parte do físico. Podem também ficar atrofiados como ficam atrofiados os músculos. O corpo atrofiado pela inércia e pelo acúmulo de gordura pode terminar em obesidade, diabetes, colesterol alto e infarto. Mas um corpo de sentidos atrofiados termina numa doença terrível chamada "tédio". Imagino uma faculdade de educação física que tenha também cursos do tipo "Curso de cheiração avançada I", "Curso de cheiração avançada II", "Curso de observação de cores", "Curso de audição de ruídos da natureza"...

Três causos

Embora ganhasse a vida como ourives, todos sabiam que ele, pela graça de Deus, nascera músico. Era justo, portanto, que todos o tratassem como "maestro" Tonico, seu nome completo sendo Antônio Martins de Araújo. Que não se tratava de figura lendária provam os seus instrumentos de trabalho que examinei pessoalmente, os de ourives, rústicos, mas, sobretudo, o diapasão fiel que continua hoje a vibrar o "lá" da mesma forma como o fez vibrar na cidade de Goiás Velho, lugar onde vivia o maestro. O que faz um músico não é o instrumento, é o ouvido, e o ouvido do maestro Tonico era perfeito.

Tão forte era a música no corpo do maestro Tonico que todos os seus seis filhos nasceram músicos. A explicação mais provável para essa aparente coincidência é que, talvez, no momento supremo do ato de amor, o maestro deveria estar sonhando com alguma música. Violino, clarineta, flauta, bandolim, cítara e violoncelo faziam uma bela orquestra doméstica. E essa era a felicidade suprema do maestro Tonico: ver os filhos juntos, afinados, tocando sob o comando da sua batuta.

Bach tinha algo em comum com o maestro Tonico. Era um modesto organista numa cidade do interior. Nunca teve fama ou reconhecimento. Um dos seus patrões se refere a ele, numa carta, como "músico medíocre". Tinha por obrigação semanal compor peças sacras para a liturgia do culto luterano. Suas composições, uma vez executadas, eram esquecidas e guardadas em canastras e estantes em algum quarto da igreja. Surpreendido pela morte no meio da composição da *Arte da fuga*, ninguém ligou para o que deixara escrito. Seus manuscritos foram vendidos para um açougueiro que os usava para embrulhar carne. Mendelssohn, por acaso, foi comprar carne do tal açougueiro. Mas ele logo se desinteressou da carne, assombrado com o que via escrito no papel em que ela viera embrulhada. E foi assim que Bach foi descoberto no lugar mais deprimente do mundo: embrulhando carne num açougue. Graças a Deus que Mendelssohn não era vegetariano!

Coisa semelhante aconteceu com as composições do maestro Tonico, sem um final feliz semelhante. O baú em que ele guardava suas composições foi transferido, após a sua morte, para um daqueles porões escuros, comuns nas casas antigas de pau a pique. Aconteceu que, havendo alguém deixado aberta a porta do porão, ali entrou uma cabra ignorante de música que devorou todas as composições do maestro Tonico.

Bonita, mesmo, foi a morte do maestro. Enfermo de câncer, sofrido, enfraquecido, estava cercado pela família. Goiás Velho, como todas as cidades antigas de tradição cultural, tinha um coreto onde a banda municipal dava seus concertos. Do quarto do maestro Tonico agonizante ouvia-se a banda. Pois, de repente, o maestro Tonico, até então indiferente, agitou-se, mostrando que queria falar. Todos se aproximaram, ouvidos atentos. Um dos seus filhos segurou a sua cabeça e ele balbuciou em agonia: "A clarineta desafinou o si bemol." Ditas essas palavras entregou a alma a Deus. Ele não podia permitir que sua morte fosse perturbada por um si bemol desafinado.

* * *

Tristeza eu tenho porque muitas das coisas que moram na minha alma não podem ser comunicadas. Por mais que eu diga e explique, quem ouve não entende. É o caso do carro de bois. Os que não sabem pensam que o carro de bois era um meio de transporte primitivo. Os que sabem sabem que o carro de bois, antes de ser um meio de transporte, era um instrumento musical. A começar do formato. Visto de cima, o seu corpo se parece com o corpo de um violino. Carreiro carreava para fazer o carro de bois cantar. E até jogava água no buraco da roda para que o canto saísse mais sofrido. Era um lamento sem fim, gemido apaixonado. Zeca Carreiro carreava em Mossâmedes, cidade no interior de Goiás. Chegando perto da cidade ele se apressava, jogava água no buraco da roda, queria que o lamento do seu carro fosse ouvido e sofrido por todo mundo. "Tá cantando apaixonado", ele dizia orgulhoso. E assim entrava na cidade, com o orgulho de um grande músico que sabe tocar o seu instrumento.

O tempo passou. Zeca Carreiro foi atacado pelo mal que ataca muitos músicos, a surdez. Igual a Beethoven, Zeca Carreiro não mais ouvia a música que seu carro tocava. Mas ele continuava a carrear, tinha de carrear – era o seu ganha-pão. Seu neto o ajudava, ia à frente dos bois como guia. Chegando perto da cidade, sem nada ouvir, ele perguntava ao neto: "Zinho, o carro está cantando?" "Tá sim, vovô", o neto confirmava com um aceno. "Cantando apaixonado?", insistia o avô. O menino sorria, o avô compreendia. Zeca Carreiro se aprumava como nos velhos tempos e entrava na cidade como um regente de orquestra.

* * *

Herodiano: esse era o nome dele. Que ideia estranha teria levado alguém a batizar o filhinho com um nome-homenagem ao rei matador de criancinhas, Herodes! Mas o nome não influenciou: ele era uma pessoa mansa e alegre, todo mundo gostava dele e o chamava pelo apelido de Diano. Só fez até o 3º ano do grupo mas estudou por conta própria, gostava de literatura, teatro e esnobava francês nos restaurantes caros do Rio de Janeiro que frequentava. Isso porque, por sorte e esforço, ele ficara rico, muito rico. Era, inclusive, dono de cinema, mudo, centro cultural da cidade. Isso lá pelos anos 20. Pois aconteceu que, inesperadamente, chegou a Dores um casalzinho de artistas, ela uma jovem loura da capital. Em Dores não havia nem hotel nem pensão. O jeito foi os dois se hospedarem na casa do Diano. Queriam dar um espetáculo de arte. Alugaram o cinema. Cidadezinha pequena, os homens entusiasmados com a loura, as mulheres com ciúmes da loura e raiva dos maridos, era de todo improvável que o cinema enchesse. O Diano imaginou os dois, diante do auditório vazio. Ficou com dó. E tomou uma decisão de homem rico que pode jogar dinheiro fora: comprou de si mesmo a lotação total do teatro e distribuiu os bilhetes gratuitamente pela cidade. O teatro encheu. O espetáculo foi um sucesso. O casalzinho de artistas ficou encantado. Deixaram Dores felizes, carteira cheia. Nunca suspeitaram do que havia ocorrido. O nome do artista eu não sei. O nome da artista era Dercy Gonçalves. Até hoje ela não sabe. Eu sei porque quem me contou foi o Diano, meu pai.

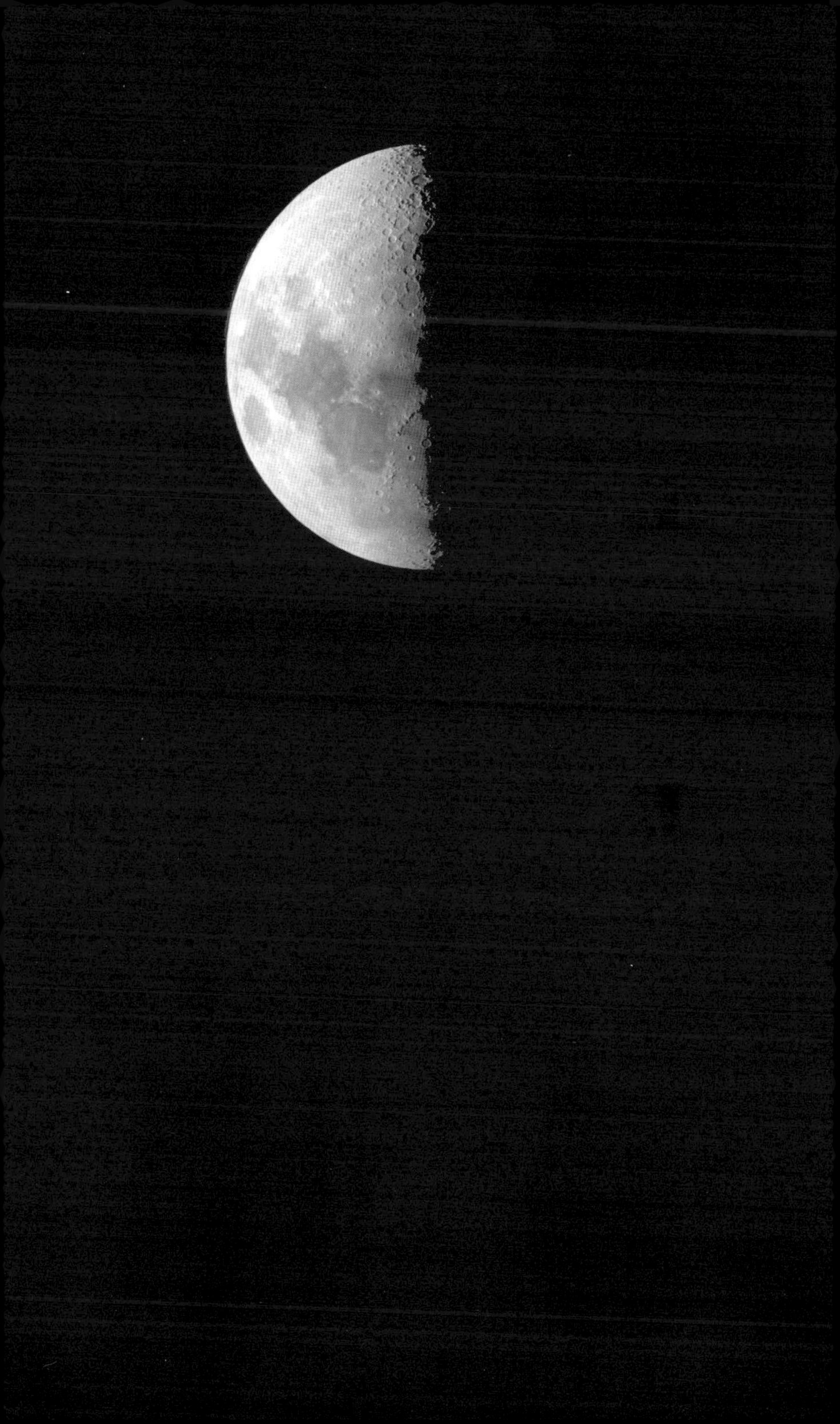

A pipoca

A culinária me fascina. De vez em quando eu até me atrevo a cozinhar. Mas o fato é que sou mais competente com as palavras que com as panelas. Por isso tenho mais escrito sobre comidas que cozinhado. Dedico-me a algo que poderia ter o nome de "culinária literária". Já escrevi sobre as mais variadas entidades do mundo da cozinha: cebolas, ora-pro-nóbis, picadinho de carne com tomate, feijão e arroz, bacalhoada, suflês, sopas, churrascos. Cheguei mesmo a dedicar metade de um livro poético-filosófico a uma meditação sobre o filme *A festa de Babette*, que é uma celebração da comida como ritual de feitiçaria. Sabedor das minhas limitações e competências, nunca escrevi como *chef*. Escrevi como filósofo, poeta, psicanalista e teólogo – porque a culinária estimula todas essas funções do pensamento.

As comidas, para mim, são entidades oníricas. Provocam a minha capacidade de sonhar. Nunca imaginei, entretanto, que chegaria um dia em que a pipoca iria me fazer sonhar. Pois foi precisamente isso o que aconteceu. A pipoca, milho mirrado, grãos redondos e duros, sempre me pareceu uma simples molecagem, brincadeira deliciosa, sem dimensões metafísicas ou psicanalíticas. Entretanto, dias atrás, conversando com uma paciente, ela mencionou a pipoca. E algo inesperado na minha mente aconteceu. Minhas ideias começaram a estourar como pipoca. Percebi, então, a relação metafórica entre a pipoca e o ato de pensar. Um bom pensamento nasce como uma pipoca que estoura, de forma inesperada e imprevisível. A pipoca se revelou a mim, então, como um extraordinário objeto poético. Poético porque, ao pensar nelas, as pipocas, meu pensamento se pôs a dar estouros e pulos como aqueles das pipocas dentro de uma panela.

Lembrei-me do sentido religioso da pipoca. A pipoca tem sentido religioso? Pois tem. Para os cristãos, religiosos são o pão e o vinho, que simbolizam o corpo e o sangue de Cristo, a mistura de vida e alegria (porque vida, só vida, sem alegria, não é vida...). Pão e vinho devem ser bebidos juntos. Vida e alegria devem existir juntas. Lembrei-me, então, da lição que aprendi com a Mãe Stella, sábia poderosa do candomblé baiano: que a pipoca é a comida sagrada do candomblé...

A pipoca é um milho mirrado, subdesenvolvido. Fosse eu agricultor ignorante, e se no meio dos meus milhos graúdos aparecessem aquelas espigas nanicas, eu ficaria bravo e trataria de me livrar delas. Pois o fato é que, sob o ponto de vista de tamanho, os milhos da pipoca não podem competir com os milhos normais. Não sei como isso aconteceu, mas o fato é que houve alguém que teve a ideia de debulhar as espigas e colocá-las numa panela sobre o fogo, esperando que assim os grãos amolecessem e pudessem ser comidos. Havendo fracassado a experiência com água, tentou a gordura. O que aconteceu, ninguém jamais poderia ter imaginado. Repentinamente os grãos começaram a estourar, saltavam da panela com uma enorme barulheira. Mas o extraordinário era o que acontecia com eles: os grãos duros quebra-dentes se transformavam em flores brancas e macias que até as crianças podiam comer. O estouro das pipocas se transformou, então, de uma simples operação culinária, em uma festa, brincadeira, molecagem, para os risos de todos, especialmente das crianças. É muito divertido ver o estouro das pipocas!

E o que é que isso tem a ver com o candomblé? É que a transformação do milho duro em pipoca macia é símbolo da grande transformação por que devem passar os homens para que eles venham a ser o que devem ser. O milho da pipoca não é o que deve ser. Ele deve ser aquilo que acontece depois do estouro. O milho da pipoca somos nós: duros, quebra-dentes, impróprios para comer; pelo poder do fogo podemos, repentinamente, nos transformar em outra coisa – voltar a ser crianças!

Mas a transformação só acontece pelo poder do fogo. Milho de pipoca que não passa pelo fogo continua a ser milho de pipoca, para sempre. Assim acontece com a gente. As grandes transformações acontecem quando passamos pelo fogo. Quem não passa pelo fogo fica do mesmo jeito, a vida inteira. São pessoas de uma mesmice e de uma dureza assombrosas. Só que elas não percebem. Acham que o seu jeito de ser é o melhor jeito de ser. Mas, de repente, vem o fogo. O fogo é quando a vida nos lança numa situação que nunca imaginamos. Dor. Pode ser fogo de fora: perder um amor, perder um filho, ficar doente, perder um emprego, ficar pobre. Pode ser fogo de dentro. Pânico, medo, ansiedade, depressão – sofrimentos cujas causas ignoramos. Há sempre o recurso aos remédios. Apagar o fogo. Sem fogo o sofrimento diminui. E com isso a possibilidade da grande transformação.

Imagino que a pobre pipoca, fechada dentro da panela, lá dentro ficando cada vez mais quente, pense que sua hora chegou: vai morrer. De dentro de sua casca dura, fechada em si mesma, ela não pode imaginar destino diferente. Não pode imaginar a transformação que está sendo preparada. A pipoca não imagina aquilo de que ela é capaz. Aí, sem aviso prévio, pelo poder do fogo, a grande transformação acontece: pum! – e ela aparece como uma outra coisa, completamente diferente, que ela mesma nunca havia sonhado. É a lagarta rastejante e feia que surge do casulo como borboleta voante.

Na simbologia cristã o milagre do milho de pipoca está representado pela morte e ressurreição de Cristo: a ressurreição é o estouro do milho de pipoca. É preciso deixar de ser de um jeito para ser de outro. "Morre e transforma-te!" – dizia Goethe.

Em Minas, todo mundo sabe o que é piruá. Falando sobre os piruás com os paulistas descobri que eles ignoram o que sejam. Alguns, inclusive, acharam que era gozação minha, que piruá é palavra inexistente. Cheguei a ser forçado a me valer do *Aurélio* para confirmar o meu conhecimento da língua. Piruá é o milho de pipoca que se recusa a estourar. Meu amigo William, extraordinário professor-pesquisador da Unicamp, especializou-se em milhos, e desvendou cientificamente o assombro do estouro da pipoca. Com certeza ele tem uma explicação científica para os piruás. Mas, no mundo da poesia, as explicações científicas não valem. Por exemplo: em Minas "piruá" é o nome que se dá às mulheres que não conseguiram casar. Minha prima, passada dos quarenta, lamentava: "Fiquei piruá!" Mas acho que o poder metafórico dos piruás é muito maior. Piruás são aquelas pessoas que, por mais que o fogo esquente, se recusam a mudar. Elas acham que não pode existir coisa mais maravilhosa do que o jeito de elas serem. Ignoram o dito de Jesus: "Quem preservar a sua vida perdê-la-á." A sua presunção e o seu medo são a dura casca do milho que não estoura. O destino delas é triste. Vão ficar duras a vida inteira. Não vão se transformar na flor branca macia. Não vão dar alegria para ninguém. Terminado o estouro alegre da pipoca, no fundo da panela ficam os piruás que não servem para nada. Seu destino é o lixo.

Quanto às pipocas que estouraram, são adultos que voltaram a ser crianças e que sabem que a vida é uma grande brincadeira...

Escutatória

Sempre vejo anunciados cursos de oratória. Nunca vi anunciado curso de escutatória. Todo mundo quer aprender a falar. Ninguém quer aprender a ouvir. Pensei em oferecer um curso de escutatória. Mas acho que ninguém vai se matricular.

Escutar é complicado e sutil. Diz o Alberto Caeiro que "não é bastante não ser cego para ver as árvores e as flores. É preciso também não ter filosofia nenhuma". Filosofia é um monte de ideias, dentro da cabeça, sobre como são as coisas. Aí a gente que não é cego abre os olhos. Diante de nós, fora da cabeça, nos campos e matas, estão as árvores e as flores. Ver é colocar dentro da cabeça aquilo que existe fora. O cego não vê porque as janelas dele estão fechadas. O que está fora não consegue entrar. A gente não é cego. As árvores e as flores entram. Mas – coitadinhas delas – entram e caem num mar de ideias. São misturadas nas palavras da filosofia que mora em nós. Perdem a sua simplicidade de existir. Ficam outras coisas. Então, o que vemos não são as árvores e as flores. Para se ver é preciso que a cabeça esteja vazia.

Faz muito tempo, nunca me esqueci. Eu ia de ônibus. Atrás, duas mulheres conversavam. Uma delas contava para a amiga os seus sofrimentos. (Contou-me uma amiga, nordestina, que o jogo que as mulheres do Nordeste gostam de fazer quando conversam umas com as outras é comparar sofrimentos. Quanto maior o sofrimento, mais bonitas são a mulher e a sua vida. Conversar é a arte de produzir-se literariamente como mulher de sofrimentos. Acho que foi lá que a ópera foi inventada. A alma é uma literatura. É nisso que se baseia a psicanálise...) Voltando ao ônibus. Falavam de sofrimentos. Uma delas contava do marido hospitalizado, dos médicos, dos exames complicados, das injeções na veia – a enfermeira nunca acertava –, dos vômitos e das urinas. Era um relato comovente de dor. Até que o relato chegou ao fim, esperando, evidentemente, o aplauso, a admiração, uma palavra de acolhimento na alma da outra que, supostamente, ouvia. Mas o que a sofredora ouviu foi o seguinte: "Mas isso não é nada..." A segunda iniciou, então, uma história de sofrimentos incomparavelmente mais terríveis e dignos de uma ópera que os sofrimentos da primeira.

Parafraseio o Alberto Caeiro: "Não é bastante ter ouvidos para se ouvir o que é dito. É preciso também que haja silêncio dentro da alma." Daí a dificuldade: a gente não aguenta ouvir o que o outro diz sem logo dar um palpite melhor, sem misturar o que ele diz com aquilo que a gente tem a dizer. Como se aquilo que ele diz não fosse digno de descansada consideração e precisasse ser complementado por aquilo *que a gente tem a dizer*, que é muito melhor. No fundo somos todos iguais às duas mulheres do ônibus. Certo estava Lichtenberg – citado por Murilo Mendes: "Há quem não ouça até que lhe cortem as orelhas." Nossa incapacidade de ouvir é a manifestação mais constante e sutil da nossa arrogância e vaidade: no fundo, somos os mais bonitos...

Tenho um velho amigo, Jovelino, que se mudou para os Estados Unidos, estimulado pela revolução de 64. Pastor protestante (não "evangélico"), foi trabalhar num programa educacional da Igreja Presbiteriana USA, voltado para minorias. Contou-me de sua experiência com os índios. As reuniões são estranhas. Reunidos os participantes, ninguém fala. Há um longo, longo silêncio. (Os pianistas, antes de iniciar o concerto, diante do piano, ficam assentados em silêncio, como se estivessem orando. Não rezando. Reza é falatório para não ouvir. Orando. Abrindo vazios de silêncio. Expulsando todas as ideias estranhas. Também para se tocar piano é preciso não ter filosofia nenhuma.) Todos em silêncio, à espera do pensamento essencial. Aí, de repente, alguém fala. Curto. Todos ouvem. Terminada a fala, novo silêncio. Falar logo em seguida seria um grande desrespeito. Pois o outro falou os seus pensamentos, pensamentos que julgava essenciais. Sendo dele, os pensamentos não são meus. São-me estranhos. Comida que é preciso digerir. Digerir leva tempo. É preciso tempo para entender o que o outro falou. Se falo logo a seguir são duas as possibilidades. Primeira: "Fiquei em silêncio só por delicadeza. Na verdade, não ouvi o que você falou. Enquanto você falava eu pensava nas coisas que eu iria falar quando você terminasse sua (tola) fala. Falo como se você não tivesse falado." Segunda: "Ouvi o que você falou. Mas isso que você falou como novidade eu já pensei há muito tempo. É coisa velha para mim. Tanto que nem preciso pensar sobre o que você falou." Em ambos os casos estou chamando o outro de tolo. O que é pior que uma bofetada. O longo silêncio quer dizer: "Estou ponderando cuidadosamente tudo aquilo que você falou." E assim vai a reunião.

    Há grupos religiosos cuja liturgia consiste de silêncio. Faz alguns anos passei uma semana num mosteiro na Suíça, Grand Champs. Eu e algumas outras pessoas ali estávamos para, juntos, escrever um livro. Era uma antiga fazenda. Velhas construções, não me esqueço da água no chafariz onde as pombas vinham beber. Havia uma disciplina de silêncio, não total, mas de uma fala mínima. O que me deu enorme prazer às refeições. Não tinha a obrigação de manter uma conversa com meus vizinhos de mesa. Podia comer pensando na comida. Também para comer é preciso não ter filosofia. Não ter obrigação de falar é uma felicidade. Mas logo fui informado de que parte da disciplina do mosteiro era participar da liturgia três vezes por dia: às 7 da manhã, ao meio-dia e às 6 da tarde. Estremeci de medo. Mas obedeci. O lugar sagrado era um velho celeiro, todo de madeira, teto muito alto. Escuro. Haviam aberto buracos na madeira, ali colocando vidros de várias cores. Era uma atmosfera de luz mortiça, iluminado por algumas velas sobre o altar, uma mesa simples com um ícone oriental de Cristo. Uns poucos bancos arranjados em "U" definiam um amplo espaço vazio, no centro, onde quem quisesse podia se assentar numa almofada, sobre um tapete. Cheguei alguns minutos antes da hora marcada.

Era um grande silêncio. Muito frio, nuvens escuras cobriam o céu e corriam, levadas por um vento impetuoso que descia dos Alpes. A força do vento era tanta que o velho celeiro torcia e rangia, como se fosse um navio de madeira num mar agitado. O vento batia nas macieiras nuas do pomar e o barulho era como o de ondas que se quebram. Estranhei. Os suíços são sempre pontuais. A liturgia não começava. E ninguém tomava providências. Todos continuavam do mesmo jeito, sem nada fazer. Ninguém que se levantasse para dizer: "Meus irmãos, vamos cantar o hino..." Cinco minutos, dez, quinze. Só depois de vinte minutos é que eu, estúpido, percebi que tudo já se iniciara vinte minutos antes. As pessoas estavam lá para se alimentar de silêncio. E eu comecei a me alimentar de silêncio também. Não basta o silêncio de fora. É preciso silêncio dentro. Ausência de pensamentos. E aí, quando se faz o silêncio dentro, a gente começa a ouvir coisas que não ouvia. Eu comecei a ouvir. Fernando Pessoa conhecia a experiência, e se referia a algo que se ouve nos interstícios das palavras, no lugar onde não há palavras. É música, melodia que não havia e que quando ouvida nos faz chorar. A música acontece no silêncio. É preciso que todos os ruídos cessem. No silêncio, abrem-se as portas de um mundo encantado que mora em nós – como no poema de Mallarmé, *A catedral submersa*, que Debussy musicou. A alma é uma catedral submersa. No fundo do mar – quem faz mergulho sabe – a boca fica fechada. Somos todos olhos e ouvidos. Me veio agora a ideia de que, talvez, essa seja a essência da experiência religiosa – quando ficamos mudos, sem fala. Aí, livres dos ruídos do falatório e dos saberes da filosofia, ouvimos a melodia que não havia, que de tão linda nos faz chorar. Para mim Deus é isto: a beleza que se ouve no silêncio. Daí a importância de saber ouvir os outros: a beleza mora lá também. Comunhão é quando a beleza do outro e a beleza da gente se juntam num contraponto...

Se eu fosse você...[*]

O que as pessoas mais desejam é alguém que as escute de maneira calma e tranquila. Em silêncio. Sem dar conselhos. Sem que digam: "Se eu fosse você..." A gente ama não é a pessoa que fala bonito. É a pessoa que escuta bonito. A fala só é bonita quando ela nasce de uma longa e silenciosa escuta. É na escuta que o amor começa. E é na não escuta que ele termina.

Não aprendi isso nos livros. Aprendi prestando atenção. Todos reunidos alegremente no restaurante: pai, mãe, filhos,

---

[*] Publicada originalmente no *Correio Popular* com o título "Escutatória, de novo...".

falatório alegre. Na cabeceira, a avó, com sua cabeça branca. Silenciosa. Como se não existisse. Não é por não ter o que dizer que não falava. Não falava por não ter quem quisesse ouvir. O silêncio dos velhos. No tempo de Freud as pessoas procuravam os terapeutas para se curarem da dor das repressões sexuais. Aprendi que hoje as pessoas procuram os terapeutas por causa da dor de não haver quem as escute. Não pedem para ser curadas de alguma doença. Pedem para ser escutadas. Querem a cura para a dor da solidão.

Acho bonito o taoísmo, filosofia oriental. Para saber como ele é basta ler os poemas de Alberto Caeiro. O taoísmo é um jeito de olhar para o mundo. São muitos os jeitos de olhar para o mundo. Cada jeito, cada mundo. O taoísmo diz que o mundo é feito de encaixes. Tudo vem aos pares. O que não tem par não existe. Tudo é macho e fêmea: *yang, yin*. Quando as duas partes do par se encaixam faz "clac" – e a felicidade acontece.

Para haver encaixe é preciso que cada parte seja incompleta. Se as partes fossem completas os encaixes não seriam possíveis nem necessários. Como num quebra-cabeça. Cada peça tem de ter um buraco. Esse buraco é para nele se encaixar um "pleno" da outra peça. Se tal buraco não existir, o encaixe não pode acontecer. O quebra-cabeça fica frouxo, solto, desmancha. Mas não acredite nessa palavra "pleno", que usei. Usei por falta de outra. "Pleno" sugere algo completo, em que nada falta. Mas a verdade é outra. Todo "pleno" é um buraco visto pelo avesso. Quando o buraco e o pleno se juntam acontece o encaixe. (Quem já montou quebra-cabeça sabe do prazer quase erótico que se sente ao fazer uma peça se encaixar na outra. Como se fosse uma metáfora sexual. Confirmação do taoísmo.) Viver é montar um quebra-cabeça. Viver é procurar encaixes.

Acho que os taoístas aprenderam isso observando a boca de um nenezinho sugando o seio da mãe. A boca é um vazio. Sem nada saber ela já sabe sobre os encaixes. Suga o vazio. Seus movimentos rítmicos são a primeira forma de oração, sem palavras. Oração é o vazio que espera. A boca vazia ora pelo "pleno" que a satisfará: o seio da mãe. Mas o "pleno" do seio da mãe é também oração: quer uma boca que o sugue. Quando boca e seio se encontram o encaixe acontece. É a felicidade. O vazio de um é o pleno do outro. O vazio de um é a felicidade do outro.

Assim é o amor. A tristeza amorosa é o vazio desejando o pleno. Sócrates inventou um mito para explicar o amor. Disse que Eros nasceu do casamento entre a "Pobreza" e a "Plenitude". O amor é um buraco na alma. Quem ama é pobre. Falta alguma coisa. Peça desencaixada do quebra-cabeça. O sentimento amoroso é a nostalgia pelo pedaço que me falta, "pedaço arrancado de mim". Assim são o masculino e o feminino.

O masculino é o pleno que ora pelo vazio que o abraçará. O feminino é o vazio que ora pelo pleno que nele se encaixará. Quando os amantes se abraçam e as peças se interpenetram, os corpos se encaixam, como no quebra-cabeça. Todo ato de amor é uma realização efêmera de uma unidade original perdida.

Assim são o *yang* e o *yin*, o pleno e o vazio, o seio e a boca, o masculino e o feminino, a fala e a escuta.

A fala é masculina: o pleno, sêmen, semente, penetração (*fodere*, em latim, quer dizer cavar), ejaculação. Segundo o *Aurélio*, essa palavra, ejaculação, que é usada normalmente para designar o jato de esperma, significa também "proferir, dizer em voz alta". Ejacular esperma e falar são a mesma coisa.

O ouvir é feminino. O pênis ereto é uma pobreza. É uma súplica, uma oração por uma vagina que o acolha. A semente, para germinar, precisa de um buraco na terra que a acolha. A fala é pobre, falta. Procura o vazio do ouvido. A ejaculação da fala, masculina, acontece num momento. Mas a germinação da escuta, feminina, demanda tempo e silêncio.

Para ouvir não basta ter ouvidos. É preciso parar de ter boca. Sábia, a expressão: "Sou todo ouvidos". Todo ouvidos; deixei de ter boca. Minha função falante, masculina, foi desligada. Não digo nada. Nem para mim mesmo. Se eu dissesse algo para mim mesmo enquanto você fala seria como se eu começasse a assobiar no meio de um concerto. Faço, para ouvir você, o mesmo silêncio que faço para ouvir música.

Vou agora lhe revelar o segredo da escuta. Quando era iniciante na arte da psicanálise tratava de prestar a maior atenção naquilo que o cliente me estava dizendo. Levou tempo para que eu percebesse que quem presta muita atenção no que é dito não consegue escutar o essencial. O essencial se encontra fora das palavras. Fernando Pessoa, essa distração dos deuses, sabia disso e escreveu. Está num poema que ele dirigiu a um poeta. O poeta é um falador. Constrói objetos com palavras. A esse poeta, cujo negócio é falar, ele diz:

> *Cessa o teu canto.*
> *Cessa, porque enquanto*
> *o ouvi, ouvia*
> *uma outra voz*
> *como que vindo nos interstícios*
> *do brando encanto*
> *com que o teu canto*
> *vinha até nós.*
> *Ouvi-te e ouvi-a*
> *No mesmo tempo*
> *E diferentes*
> *Juntas a cantar.*
> *E a melodia*
> *Que não havia*
> *Se agora a lembro,*
> *Faz-me chorar.*

Preste atenção no que está escrito. Fernando Pessoa diz que a fala tem duas partes. A primeira são as palavras que são ditas: a letra. A segunda é uma melodia que se faz ouvir nos interstícios da fala: a música. A letra é coisa do consciente, cerebral. A música é coisa do corpo, inconsciente. Aquilo a que a psicanálise dá o nome de inconsciente é a música do corpo. Quem diz a letra não percebe que está cantando.

Tem havido tentativas de produzir uma fala que seja só letra, sem a música. A ciência e a filosofia têm-se esforçado por esse ideal – uma fala da qual o corpo do que fala esteja ausente. Fala sem alma, só informação. A voz metálica, monótona, indiferente, de robô, dos serviços de alto-falantes dos aeroportos é uma expressão sensível desse ideal desumano. Você poderia imaginar um diálogo de amor com essa fala? Não existe voz humana que não tenha música.

Aí Fernando Pessoa diz que a letra não tem importância. Não é nela que se encontra aquilo que importa escutar. Pede até ao poeta que pare de falar porque a fala dele atrapalha ouvir a melodia... Esse é o absurdo segredo da escuta: é preciso não escutar o que se diz para se poder ouvir o que ficou não dito, a música. É na música que mora a verdade daquele que fala.

Assim, se você quiser ouvir bem, não preste muita atenção na letra. Esqueça as lições da hermenêutica, a ciência da interpretação dos sentidos. Aprenda a sentir a música. Todos os tipos de música, do tam-tam dos tambores a Boulez. Porque o que os compositores fizeram foi só fazer tocar em instrumentos aquilo que era tocado pelo corpo. Parafraseando Uexküll: "Todo corpo é uma melodia que se toca." Seria bom se, nos cursos de psicologia, se lesse menos livros e se ouvisse mais música.

O albergue*

Hoje escrevo sem poesia e sem humor. Essa mudança deliberada de estilo se deve ao fato de que desejo ser levado a sério pelos psicólogos que se dizem científicos. É fato que não me levam a sério. Pode até ser que gostem da minha escritura, mas literatura, para eles, não tem dignidade científica. Onde está o tratamento estatístico do material? Onde estão os gráficos? Orientanda minha que se candidatou à pós-graduação em psicologia em universidade de Campinas teve seu projeto de tese rejeitado, sendo inclusive repreendida por haver citado opinião

---
* Publicada originalmente no *Correio Popular* com o título "O corpo é um albergue".

minha, sob a alegação de que não sou psicólogo mas escritor. Imagino que Freud teria tido destino semelhante, caso se candidatasse ao mestrado na mesma instituição. O mesmo professor o teria repreendido pelo uso das tragédias gregas e das obras de Shakespeare, sob a alegação de não serem psicologia científica mas simples diversão literária. Freud, de fato, juntamente com pensadores como Groddeck, Durkheim, Nietzsche, Rousseau, Jung, Hobbes, pertence a uma estirpe de pensadores diferentes dos científicos de hoje. Escreviam numa total ignorância dos métodos estatísticos e se valiam exclusivamente de uma função mental em perigo de extinção, chamada inteligência. E foi assim que deram contribuições ao conhecimento humano que não encontro paralelo na pletora de teses recheadas de gráficos, condição para serem reconhecidas como científicas.

O que vou dizer me parece óbvio, não carecendo de demonstração estatística. Mas, para tranquilizar os psicólogos científicos, direi que o que digo são apenas hipóteses. Nas hipóteses, como é sabido, não é obrigatório o aparecimento dos gráficos.

Mas antes de enunciar a minha hipótese desejo indicar sua relevância. Em sendo verdadeira ela muito contribuirá, em primeiro lugar, para a sabedoria daqueles que trabalham com terapia. Eles entenderão melhor os pacientes. E, em segundo lugar, ajudará as pessoas comuns a entender a si mesmas e aqueles com quem convivem, especialmente no sentido de informá-los sobre os sutis botões que, se tocados, provocarão metamorfoses indesejáveis nos mesmos.

A formação acadêmica faz com que as pessoas tenham dificuldades para entender enunciados simples, especialmente se sua linguagem for concreta. Assim, para facilitar a comunicação vou enunciar minha hipótese no estilo abstrato e de difícil compreensão, a fim de que ele seja levado a sério cientificamente. Mas não se aflijam: logo a seguir eu o escreverei em linguagem normal. A hipótese é a seguinte:

> O corpo (C) é uma unidade biológica móvel processadora de informações elétricas (reações do tipo S – R) e simbólicas (imagens, palavras); as informações simbólicas se encontram salvas na memória da dita unidade sob a forma de programas (P), em tudo semelhantes aos programas de computadores. A unidade C funciona de acordo com a lógica do programa simbólico ativo no momento, sendo que eles podem ser ativados por uma ampla variedade de símbolos.

Passo, agora, à explicação. Os sociólogos do conhecimento Berger e Luckmann (*A construção social da realidade*) observam que enquanto os animais *são* o seu corpo, os homens *têm* o seu corpo. Tudo o que os animais são está inscrito na programação biológica do seu corpo. O seu corpo é o seu programa, seu único programa. Sabiás cantam sempre do mesmo jeito, as aranhas fazem teias sempre do mesmo jeito, os caramujos fazem conchas sempre do mesmo jeito, os sapos coaxam sempre do mesmo jeito. O corpo falou, está falado. Não têm conflitos. Corpo e alma estão sempre de acordo. Por isso não ficam neuróticos. Estavam certos os teólogos que diziam que animais não possuem alma. Porque aquilo a que se dá o nome de alma é, precisamente, a voz que discorda da voz do corpo: o corpo quer uma coisa, mas "algo" que mora nele diz o contrário.

Já os homens são diferentes dos animais. Eles não *são* o seu corpo. O corpo é só uma "morada" que eles possuem. Assim sendo, existe para eles uma possibilidade que não existe para os animais: eles podem se *ausentar* do corpo. Pois não explicamos os atos incomuns de uma pessoa dizendo que ela estava "fora de si"? Mas, se ela estava fora de si, quem é que estava dentro dela, e que foi responsável pelos seus atos incomuns? Quem é que deve ser responsabilizado? Sim, o corpo foi aquele, conhecido, onde normalmente vivia o sr. ABC. Acontece que o sr. ABC estava fora. Na sua ausência, um outro tomou posse da sua casa. O corpo foi o mesmo. Mas quem fez não foi o sr. ABC. Ele não pode, portanto, ser responsabilizado ou punido por aquilo que um outro fez com o seu corpo. (Imagine agora que, em vez de haver apenas um "outro" que eventualmente toma posse do nosso corpo, haja vários, cada um de um jeito...)

A teoria psicológica tradicional é muito mais simples e está muito mais de acordo com o senso comum. Sua formulação clássica se encontra em Platão, havendo a teologia cristã se apropriado dela posteriormente. Ela diz que o corpo é uma prisão. A alma é a prisioneira. Nascida num mundo luminoso e superior, ela caiu neste nosso mundo sombrio, inferior. Encontra-se agora acorrentada no corpo, caverna escura, sem poder ver as coisas tais como elas são. O que ela vê não é a verdade. São apenas as suas sombras. A alma deseja subir. Quer sair da sua prisão e voltar ao mundo luminoso de onde veio. Mas o corpo, que é sua prisão, é feito de outra substância. É matéria. E também ele deseja voltar ao seu mundo. Quer descer. A alma é leveza. O corpo é peso. Existe um conflito. Mas ele não acontece dentro da alma, que é pura flecha disparada para o infinito. A alma, ela mesma, tem uma única vontade. Ela almeja as coisas nobres, de cima: o verdadeiro, o bom e o belo. O conflito acontece entre o corpo e a alma. A alma é o herói. O corpo é o vilão. Os sacrifícios, as autoflagelações, os jejuns, as abstinências, a recusa do sexo, a recusa ao prazer, as mutilações – todos esses atos de violência contra o corpo – são expressões cristãs da teoria platônica. Segundo Norman O. Brown (*Vida contra a morte*), a civilização e a cultura ocidentais se construíram sobre a repressão do corpo: é preciso que o corpo seja reprimido para que a alma voe.

De qualquer maneira, essa teoria nos garante que é sempre a mesma pessoa que está dentro do corpo. O corpo tem um único morador, que sofre algumas oscilações: fica alegre, fica triste, fica manso, fica bravo, fica amoroso, fica frio. Mas é sempre a mesma pessoa.

Minha hipótese é diferente – e me dá medo. Se eu a adoto é porque ela me ajuda a compreender a mim mesmo. Valho-me de um modelo retirado da informática. Na ciência o uso de modelos é muito útil. Modelos são imagens que facilitam a compreensão de algo desconhecido. Assim, por meio de um modelo é possível visualizar e entender de forma simples e direta o que é complicado. O meu modelo são os computadores. Os computadores, para funcionar, têm necessidade de duas coisas. A primeira é chamada *hardware* – que é o conjunto de todas as partes materiais que o compõem. É o corpo do computador. A segunda é o *software* – que é uma entidade espiritual, feita de símbolos: os programas, que normalmente se encontram em disquetes. São a alma do computador. Na teoria platônica e do senso comum, cada *hardware* (corpo) tem apenas um *software* (alma). Pois na minha teoria, cada *hardware* (corpo) tem uma infinidade de *softwares* (almas, personalidades). Somos muitos. E é precisamente aí que se encontra o problema: que o corpo seja morada de muitos: anjos e demônios, bruxas e fadas, amantes e carrascos, vegetarianos e carnívoros, bufões e agentes funerários, filósofos e bêbados – todos moram no mesmo corpo. O corpo é um albergue. Respondendo à pergunta que Jesus lhe fizera sobre o seu nome, o demônio lhe disse, com agudo conhecimento psicológico: "Meu nome é Legião, porque somos muitos."

Os moradores do albergue

Duas casinhas, uma é azul, a outra é rosa. Em cada casinha mora uma pessoa, uma única pessoa. Na casinha azul mora um homem. Na casinha rosa mora uma mulher.

Os dois gostam de aparecer na janela. Mas nunca mostram o rosto. Sempre usam máscaras: risonhas, tristonhas, de criança, de velho, de santo, de demônio. Seus verdadeiros rostos ninguém jamais viu. Nem mesmo eles.

Esse é o resumo de uma das mais antigas teorias psicológicas. As casinhas são nossos corpos. Em cada um mora uma pessoa, uma única pessoa. *Persona*, em latim, quer dizer "máscara", as máscaras que os atores de teatro usavam.

Assim, a etimologia nos diz o que somos: atores. Vivemos representando "papéis". Por vezes representar um papel é um artifício consciente intencional e safado. Essa é a essência da hipocrisia, que em grego quer dizer "representar um papel". O hipócrita é aquele que usa uma máscara com o propósito de enganar: ele mostra um rosto que não é o seu. Chegando em casa, longe dos outros, ele dá risada e tira a máscara... Mas mesmo tirando a máscara o que ele vê não é o seu rosto; é uma outra máscara.

O fato é que as pessoas nunca tiram as máscaras. Usam máscaras até mesmo quando se olham no espelho. Você nunca teve um sentimento de estranheza ao se contemplar no espelho? Você nunca se viu e se perguntou: "quem sou?"

Quem somos? Seres nascidos para o teatro. Somos, essencialmente, atores. Representamos "papéis" o tempo todo. A alma é o *script* de uma peça. Para conhecer a alma basta montar um palco, distribuir máscaras e papéis, e começar o espetáculo. À medida que o espetáculo se desenrola a alma vai se revelando. Que revela ela? Seu rosto sem máscara? Não. Ela revela as máscaras e os papéis de sua predileção. Sobre esse pressuposto se assenta a teoria do psicodrama, que poderia também ser chamado de psicomédia. "Penso, logo existo", dizia o filósofo que não pensava sobre essas coisas.

Comenta o poeta, que se sabia irremediavelmente um fingidor: "Que sei do que serei, eu que não sei o que sou? Ser o que penso? Mas eu penso tanta coisa..."

Assim diz essa teoria, mas eu tenho estado desconfiado de que as coisas não são bem assim. E é esse esboço de teoria que eu gostaria de submeter àqueles cujo ofício é cuidar da alma. Começo invertendo as coisas: a casinha não é a residência particular de um único morador. É um albergue que não é de ninguém. Aquela pessoa que se apresenta como dona é apenas um síndico que, a qualquer momento, pode ser despedido. Quando o síndico é despedido o albergue vira uma zorra. Além disso eu digo que aquilo que se parece com máscaras não são máscaras. São rostos de verdade, todos muito parecidos. Parecidos mas muito diferentes. Não têm os mesmos pensamentos. Não têm os mesmos sentimentos. Não se entendem. E, no entanto, são obrigados a viver numa mesma casa. Os períodos de ordem e tranquilidade não passam de uma trégua. A guerra pode estourar a qualquer momento, por um "dá cá aquela palha". Alguns albergados chegam a se odiar. Não é raro que aconteçam assassinatos: não suportando o ódio, um mata o outro. Quando isso acontece dentro da casa, do lado de fora aparece como suicídio. Mas essa palavra, "suicídio", que significa "matar-se", é um equívoco. Diz Benedictus de Spinoza, na 6ª proposição da parte

III da sua *Ética*: "Cada coisa, enquanto existe em si, esforça-se por perseverar no seu ser". Ninguém deseja morrer. A vida deseja continuar a viver. O que acontece é o seguinte: um dos moradores, esforçando-se por perseverar no seu ser, e vendo-se insuportavelmente ameaçado por um outro morador do mesmo albergue, não vê outra solução para tal situação a não ser o assassinato do seu inimigo. Acontece que, para matá-lo, ele tem de destruir a casa onde ambos moram: o corpo.

Essa é uma hipótese. Uma hipótese que se pretenda científica não pode prescindir de uma revisão bibliográfica do assunto. Infelizmente não encontrei pesquisas estatisticamente fidedignas sobre a questão em pauta. O pobre Freud também não encontrou nenhuma pesquisa que corroborasse suas loucas hipóteses. Encontrei referências, sim, nas superstições populares e na literatura. O mito popular do lobisomem afirma que num mesmo corpo convivem pelo menos dois moradores, um deles podendo ser um filantropo sensível, o outro sendo um lobo feroz que sai do seu esconderijo nas noites de lua cheia. Esse mito, transposto para a literatura, tornou-se a novela sobre o Dr. Jeckill, médico bondoso, e o Mr. Hide, monstro cruel, ambos morando no mesmo albergue.

Freud percebeu que o corpo era uma casa de três andares, onde moravam três moradores muito diferentes. No térreo mora um pacato cientista, professor, de hábitos tranquilos e racionais. No porão mora um *playboy* sem juízo, que se entrega pela noite adentro a orgias barulhentas. No andar superior funciona um tribunal onde são julgados, condenados e frequentemente punidos os que se desviam das leis impostas pelo juiz que preside o dito tribunal. Os nomes dos moradores são, respectivamente, Ego, Id e Superego...

    Fernando Pessoa não precisou elaborar teoria sobre o assunto. Ele era um exemplo vivo de albergue onde moravam os mais variados personagens, mais de trinta, chamados heterônimos, cada um deles com biografia própria, filosofia distinta, estilo peculiar e sentimentos específicos: Alberto Caeiro não pensa, não sente e não escreve como Ricardo Reis, que não pensa, não sente e não escreve como Álvaro de Campos, que não pensa, não sente e não escreve como Bernardo Soares – e assim por diante. Não se trata de pseudônimos. Pseudônimo é uma máscara que um escritor pode usar para se esconder ou se identificar. O caso de Fernando Pessoa era outro: ele era literal e literariamente "possuído" pelos heterônimos. Sua identidade civil era definida por sua carteira de identidade: um único indivíduo, Fernando Pessoa. Mas nesse corpo de um nome só moravam muitos e diferentes outros que se alternavam. Tanto aprovaria minha teoria que chegou a confessar: "Meu coração é um albergue."

Tenho estado tentando fazer um inventário das muitas entidades que podem morar no corpo. Freud sugeriu três. Fernando Pessoa, nem sei quantas. O demônio disse que era uma legião. Tendo a concordar com o demônio. Há moradores de todo tipo – e o curioso é que o corpo, parece, não faz uma investigação das credenciais do pretendente a albergado, antes de aceitá-lo como morador.

Eis alguns deles: o depressivo, de poucas palavras; o alegrinho falador, insuportável; o sargento que gosta de dar ordens; a bruxa horrenda de voz gritada; o torturador sádico; o filósofo sábio; o místico; o romântico apaixonado; o invejoso, verde; o ciumento; o mal-humorado, que acha tudo ruim; o carrasco; o rancoroso, que se compraz em esgravatar o passado; o canalha; o moralista; a perua; o velho; a criança... A lista não tem fim. Com a ajuda do seu analista você poderá fazer um inventário dos tipos que moram no seu albergue, a fim de compreender as confusões que acontecem no seu corpo.

Em suas origens etimológicas "demônio" não tem o sentido mau que lhe damos. Sócrates dizia ser inspirado por um a*gathòs daimon,* um demônio bom. Demônio era apenas uma entidade espiritual que podia ser boa ou má. Ao se acreditar no demônio PhD em psicologia, o corpo pode ser entendido como um albergue que é constantemente visitado e "possuído" por uma variedade de demônios. "Possessão demoníaca" é quando o corpo, pretensamente possuído pelo síndico, é invadido e dominado por um *daimon* diferente dele. A gente sabe que o albergue está possuído porque ele começa a fazer coisas que comumente não faz. Se for um *daimon* ruim, ele vai fazer estragos no albergue. Se for um *daimon* bom – por exemplo, o Espírito Santo o albergue vai ser pintado e varrido.

Se meus colegas psicanalistas e terapeutas acham muito maluca a minha teoria, recordo-lhes o dito por Fairbairn: "É então evidente que o psicoterapeuta constitui o verdadeiro sucessor do exorcista. Sua missão não é 'perdoar pecados' e sim 'desalojar os demônios'."

O cemitério

No meu tempo de menino a gente sabia mais sobre os mortos do que hoje. A gente sabia que os mortos não são todos do mesmo tipo. Eles se dividem em mortos bons e mortos ruins. A bondade dos mortos bons nada tem a ver com as qualidades morais do falecido. Morto bom é morto que fica morto, enterrado, não sai da cova. Vai para o outro mundo e fica por lá. Dele aqui só fica a saudade. Mas nós somos como as lagartixas que perdem o rabo: logo um rabo novo cresce no lugar do velho. Assim é com a gente: logo a vida volta à normalidade e estamos prontos a amar de novo. A saudade doída passa a ser só uma dorzinha gostosa.

A ruindade dos mortos ruins nada tem a ver com as ruindades do falecido. Morto ruim é morto que, uma vez morto e enterrado, se recusa a ficar na cova. Morto ruim não se conforma com o outro mundo. Quer continuar morando com os vivos. Mas como ele não está vivo, fica se esgueirando pelas sombras, andando durante a noite. São "assombrações", sombras que dão medo. As casas dos vivos que os mortos ruins frequentavam ficavam mal-assombradas. E ninguém comprava. Naquele tempo os mortos tinham grande poder sobre o mercado imobiliário.

Que isso acontecia ninguém duvidava. Havia muitos relatos fidedignos e arrepiantes de aparições de mortos – relatos esses que se faziam nas rodas de contação de causos, de noite, na cozinha, à luz do fogo do fogão.

Além dos mortos, almas desencarnadas que aterrorizavam só pelo susto, sabia-se também de uns tais zumbis, mortos-vivos que saíam das sepulturas e tinham olhos sem pálpebras. Quem tivesse de passar perto de cemitério tarde da noite tratava de fazê-lo com os dedos em cruz e recitando rezas de esconjuro.

Conto essas coisas sobre os mortos a propósito de algo que muitos consideram como virtude psicanalítica. Vou explicar. O inconsciente é um cemitério onde estão enterrados mortos bons e mortos ruins. Pois alguns há que imaginam que o ideal é a exumação de todos os mortos que se encontram enterrados inconscientes, inclusive os mortos bons, quietos e esquecidos.

Isso eu contesto. Foi lição que minha analista didata me ensinou. Todo candidato ao exercício das artes psicanalíticas deve se submeter àquilo que se chama "análise didática". Além de estudar a teoria da psicanálise, o noviço tem de ser analisado por um mestre. Minha analista foi uma sensível senhora de quem me tornei amigo. Coisa bonita esta: que analista e analisando se tornem amigos que podem frequentar os mesmos lugares sem constrangimento, como pessoas normais. Ela me contou de uma experiência clínica. Analisava uma mulher. A análise estava chegando a lugares do cemitério onde havia muitos bons mortos enterrados. A bondade deles, como já expliquei, nada tinha a ver com a bondade deles quando vivos. Eram bons porque permaneciam mortos e esquecidos. A verdade era que haviam sido terríveis como vivos! Mas já estavam esquecidos. O esquecimento, frequentemente, é uma graça. Muito mais difícil que lembrar é esquecer! Fala-se de "boa memória". Não se fala de "bom esquecimento", como se esquecimento fosse apenas memória fraca. Não é não. Esquecimento é perdão, o alisamento do passado, igual ao que as ondas do mar fazem com a areia da praia durante a noite. Aconteceu, entretanto, que a analisanda começou a sentir o cheiro de morte que saía daquelas sepulturas. Teve medo. Quis parar. O rotineiro, em situações assim, é que o analista não concorde, que ele interprete o desejo do analisando como "resistência" à análise. Desviando-se do que seria o procedimento padrão automático minha analista concordou imediatamente. Também ela já estava sentindo o cheiro de decomposição. Ela compreendeu que há mortos que devem permanecer enterrados. Ela comentou comigo, com o jeito respeitoso e delicado que sempre a caracterizou: "Professor, há lugares na alma que devem permanecer intocados..."

Freud frequentemente usava imagens a fim de ilustrar suas ideias. Numa de suas conferências ele se valeu da seguinte imagem: repentinamente um bêbado invade o salão e começa a gritar, impedindo o prosseguimento da conferência. O bêbado não atende aos apelos dos assistentes: o Id ignora o que lhe diz o Ego. Não sobra outro recurso: entram os seguranças, agarram firmemente o bêbado, que sai do salão dizendo palavrões e esperneando. O fator perturbador é retirado da consciência: a isso se dá o nome de "repressão". Acontece que o bêbado, retirado do salão de conferências, foi deixado no saguão. E lá ele continua a gritar. Embora ele esteja fisicamente ausente, seus gritos continuam a ser ouvidos, embora não sejam entendidos. Os assistentes não conseguem prestar atenção no que diz o conferencista. E o próprio conferencista não consegue pensar com clareza. Aí, então, o conferencista, percebendo que será impossível levar sua conferência até o fim se o bêbado continuar a gritar, pede que os seguranças tomem providências mais eficazes.

A neurose é algo assim. Os sintomas neuróticos — ansiedades, fobias, sonhos, atos falhos — são os gritos não compreendidos de um dos moradores do albergue. Os seguranças o retiraram do salão da consciência mas não completamente. Se ele tivesse sido levado para bem longe, seus gritos não seriam ouvidos e tudo voltaria ao normal. Estaria enterrado no esquecimento. O bêbado, gritando no *hall* do salão de conferências, é morto ruim. O bêbado, gritando bem longe, onde ninguém o ouve, é morto bom.

Morto ruim, mal-enterrado, que volta e continua a perturbar a vida — esse precisa ser exorcizado. Mas morto que não incomoda, esquecido, é morto bom, bem-enterrado. Deve ser deixado como está.

Se só os arruaceiros fossem expulsos do salão seria ótimo. Mas não é isso o que acontece. Os adultos expulsam as crianças. Os sérios expulsam os palhaços. Os medíocres expulsam os inteligentes. Os infelizes no amor expulsam os amantes. Os banqueiros expulsam os artistas. Não é de espantar, portanto, que o Filho de Deus tenha sido morto e sepultado em nome da lei e da religião.

Minha mãe me contava a estória de um homem rico que ficou viúvo, ficando só com sua filha. Uma vizinha percebeu que seria bom casar com aquele homem. E começou a manobrar para conquistá-lo por intermédio da filha. "Case com ela, meu pai; ela me dá pão com mel." "Se eu casar", respondia o pai, "ela lhe dará pão com fel." Mas o fato foi que a vizinha tanto fez que conseguiu o que queria: casou-se com o homem rico. Mas, como é sabido, nas estórias infantis os pais viajam constantemente, deixando as filhas à mercê das madrastas. A madrasta começou a maltratar a menina. Punha-a para vigiar os figos maduros de uma figueira. E sempre que um pássaro bicava um figo a menina era castigada. Até que ela, num ataque de fúria, mandou enterrar a menina viva. Enterrada, seus cabelos cresceram e apareceram na superfície da terra como uma exuberante relva verde. Voltando da viagem, o pai perguntou pela filha e a madrasta lhe disse que ela havia partido numa viagem para local desconhecido. O pai, tolo, acreditou. E foi cuidar dos cavalos. Pediu ao jardineiro que cortasse relva para os animais. Vendo a linda relva verde crescida o homem se pôs a cortá-la com o seu alfanje. Foi então que, do fundo da terra, se ouviu uma canção: "Jardineiro de meu pai, não capine meus cabelos. Minha mãe me penteava. Minha madrasta me enterrou pelos figos da figueira que o passarinho bicou." Assustado, o jardineiro chamou o pai, que ordenou que cuidadosamente cavassem o local. E encontraram a menina, ainda viva...

Tenho, no meu escritório, a reprodução de uma tela de Piero de la Francesca: Cristo saindo do túmulo, enquanto os guardas dormem. Quando alguém, espantado – pois todo psicanalista deveria ser incrédulo! –, me pergunta sobre o sentido daquela tela, eu respondo: "Enquanto dormem os seguranças do consciente, o Divino que estava esquecido e sepultado em nós ressuscita!"

Muitas coisas divinas estão enterradas no inconsciente. Delas, o que se vê são os cabelos verdes voando ao vento. É preciso desenterrá-las. Que linda missão para um terapeuta!

A arte de engolir sapos

O Adão, meu amigo, professor de biologia, já encantado, amava os sapos. Dedicou sua vida a estudá-los. Estudava e admirava. Era capaz de identificá-los não só por sua aparência física como também pelo seu canto. Acho que o Adão achava os sapos bonitos. E é certo que eles têm uma beleza que lhes é peculiar. O filósofo Ludwig Feuerbach diria que para os sapos não existe nada mais belo que o sapo e, se entre eles houvesse teólogos, haveriam de dizer que Deus é um sapo. Cada forma de vida é o Bem Supremo para si mesma.

Eu mesmo, sem ter a sensibilidade do Adão, escrevi um livro para crianças em que um dos heróis é o sapo Gregório. Mas desejo confessar que não acho os sapos bonitos. Bonita eu acho a sua cantoria durante a noite, a despeito da sua falta de imaginação e da sua monotonia. Mas o que ela perde em riqueza estética é plenamente compensado pelo seu poder hipnótico, o que é bom para fazer dormir.

Mas o fato é que nós, humanos, não consideramos os sapos como animais com que gostaríamos de conviver. Ter um cãozinho, um gato ou um coelho como bichinho de estimação, tudo bem. Mas se o menino quisesse ter um sapo como bichinho de estimação, os pais tratariam de levá-lo logo a um psicólogo para saber o que havia de errado com ele. Sapo é bicho de pesadelo.

Quem sugere isso são as Escrituras Sagradas. Está relatado, no capítulo oitavo do livro de Êxodo, que Deus, para dobrar a obstinação do faraó egípcio que não queria deixar que o povo de Israel se fosse, enviou-lhe uma série de pragas de horrores, uma delas sendo a dos sapos. Diz o texto que a praga era de rãs, mas não faz muita diferença.

> Eis que castigarei com rãs todos os teus territórios, o rio produzirá rãs em abundância, que subirão e entrarão em tua casa, no teu quarto de dormir, e sobre o teu leito, e nas casas dos teus oficiais, e sobre o teu povo, e nos teus fornos e nas tuas amassadeiras.

Já imaginaram o horror? A gente entra debaixo das cobertas e sente o frio das rãs que lá estão. Morde o pão e dentro dele está uma rã assada.

Nas estórias infantis é a mesma coisa. A bruxa poderia ter transformado o príncipe numa girafa, num tatu ou num gato. Escolheu transformá-lo no mais nojento, um sapo. E há aquela outra estória em que o sapo queria dormir na cama com a princezinha. Tão horrorizada ela ficou de ter de dormir com um sapo que, para evitar os beijos e seus desenvolvimentos inevitáveis, pegou-o pela perna e jogou-o contra a parede. Esse ato teve efeito mágico pois, ao cair no chão, o sapo transformou-se em príncipe. Já aconselhei pessoas a lançar contra a parede seus sapos e sapas conjugais, para ver se o contrafeitiço funciona também para os humanos. Parece que não.

O horror do sapo aparece também numa sugestiva expressão popular: "ter de engolir sapo". Por que não "ter de engolir gato", "ter de engolir borboleta", "ter de engolir tico-tico"? Porque mais nojento que sapo não existe.

Essa expressão traz o sapo para o campo das atividades alimentares. Engolir é comer. O ato de comer é presidido pelo paladar. O paladar é uma função discriminatória. Ele separa o saboroso do não saboroso. O saboroso é para ser engolido com prazer. O não saboroso, o corpo se recusa a comer. Cospe. "Ter de engolir sapo": ser forçado a colocar dentro do corpo aquilo que é nojento, repulsivo, viscoso, frio, mole.

Não há forma de engolir sapo com prazer. Engolir um sapo é ser estuprado pela boca. Há um ditado inglês que diz: "If you are going to be raped, and there is nothing you can do about it, relax and enjoy it": se você vai ser estuprado e você não pode fazer nada para impedi-lo, relaxe e trate de gozar o mais que puder. Esse ditado sugere a possibilidade de se sentir prazer em ser estuprado. Pode até ser. A psicanálise me ensinou a aceitar a possibilidade dos mais estranhos prazeres perversos. Mas não há relaxamento que faça do ato de engolir um sapo uma experiência prazerosa.

Por que engolir um sapo?

Há pessoas que engolem sapos por medo. Bem que seria possível evitar a repulsiva refeição: o sapo é um sapinho. Mas elas preferem engolir o sapo a enfrentá-lo. Não têm coragem de pegá-lo e jogá-lo contra a parede. Pessoas que fizeram do ato de engolir sapos um hábito acabam por ficar parecidas com eles: andam aos pulos, sempre rente ao chão e coaxam monotonamente.

Mas há situações em que é inevitável engolir o sapo. Eu mesmo já engoli muitos sapos e disto não me envergonho. O meu desejo, com esta crônica, é dar uma contribuição ao saber psicanalítico, que até agora fez silêncio sobre o assunto. Muitos dos sintomas neuróticos que afligem as pessoas resultam de sapos engolidos e não digeridos.

Tudo começa com um encontro: à minha frente um sapo enorme, ameaçador, com boca grande. A prudência me diz que é melhor engolir o sapo a ser engolido por ele. É melhor ter um sapo dentro do estômago (sapos engolidos nunca vão além do estômago) do que estar no estômago do sapo.

Aí, impotente e sem opções, deixo que ele entre na minha boca, aquela massa mole e nojenta. É muito ruim. O estômago protesta, ameaça vomitar. Explico-lhe as razões. Ele cessa os seus protestos, resignado ao inevitável. Não consigo mastigar o sapo. Seria muito pior. Engulo. Ele escorrega e cai no estômago.

Alimentos não digeríveis são eliminados pelo aparelho digestivo de duas formas: ou são expelidos pelo vômito ou são expelidos pela diarreia. Os sapos são uma exceção. Não são digeridos mas não são expelidos nem pelas vias superiores nem pelas vias inferiores. Os sapos se alojam no estômago. Transformam-no em morada. Ficam lá dentro. Por vezes hibernam. Mas logo acordam e começam a mexer.

Ninguém engole sapo de livre vontade. Engole porque não tem outro jeito. Tem sempre alguém que nos obriga a engolir o sapo, à força. A pessoa que nos obriga a engolir o sapo, a gente nunca mais esquece. Diz a Adélia que "aquilo que a memória amou fica eterno". Aí eu acrescento algo que aprendi no *Grande sertão*. Conversa de jagunços matadores. Diz um: "Mato mas nunca fico com raiva." Retruca o outro, espantado: "Mas como?" Explica o primeiro: "Quem fica com raiva leva o outro para a cama." É isso. A gente leva para a cama a pessoa que nos obrigou a engolir o sapo. A raiva também eterniza as pessoas. Não adianta falar em perdão. A gente fica esperando o dia em que ela também terá de engolir um sapo. Ou, como dizia uma propaganda antiga de loteria, a gente reza: "O seu dia chegará..."

Dor de ideia[*]

Você está com dor de dente. O dentista examina o dente e lhe diz que não tem jeito. A solução é arrancar o dente. Anestesia e boticão, o dente é arrancado. A dor desaparece. Você deixa de sofrer. Esse é um paradigma de como são resolvidos os problemas que têm a ver com coisas concretas: a lâmpada que queimou, o ralo que entupiu, a unha que encravou, o motor que fundiu, a perna que quebrou: são as dores de coisas. Dores de coisas se resolvem tecnicamente, cientificamente.

---

[*] Publicada originalmente no *Correio Popular* com o título "Dor de ideia? Tome filosofia uma vez por dia".

A coisa fica diferente quando a dor que você tem é uma dor de ideia. Dor de ideia dói muito. São dores de ideia a ideia de perder o emprego, a ideia de ser feio, a ideia de ser burro, a ideia de que o filho vai morrer num desastre, a ideia de que Deus vai mandá-lo para o inferno, a ideia de que quem você ama vai traí-lo. Dores de ideia são terríveis: causam ansiedade, pânico, insônia, diarreia.

Virou moda falar em realidade virtual, como coisa inventada por computadores e eletrônica. Mas ela é velhíssima. Apareceu com o primeiro pensamento. Ideias são realidades virtuais. Realidade virtual é uma coisa que parece ser mas não é. Se parece ser mas não é deve ser inofensiva. Errado. As realidades virtuais produzem dor de ideia.

Quando a gente tem uma ideia, sabe que é só ideia, sem substância física, e a despeito disso ela nos causa dor de ideia, dizemos que é neurose. O neurótico sabe que o dragão que corre atrás dele é de mentirinha, não existe. Não obstante, essa mentirinha faz a adrenalina esguichar no sangue e o coração dispara.

Liguei a TV. Filme de ficção científica. Eu sabia que tudo era mentira. Aquelas coisas não existiam como realidade. Tinham sido produzidas num estúdio, diante de uma câmera. Mas eu comecei a sofrer de dor de ideia. Uma terrível ansiedade: "Meu Deus, o escorpião negro vai picar a moça!" "Burro! Burro!", eu me dizia, num esforço de gozar o filme. "É tudo mentira! Ria! Relaxe!" Inutilmente. Nós, os humanos, temos essa horrível e maravilhosa capacidade de sofrer pelo que não existe. Somos neuróticos.

Quando uma pessoa se sente perseguida pelo mesmo dragão que perseguiu o neurótico, adrenalina no sangue e coração disparado, mas além disso fica toda chamuscada pelo fogo que sai da boca do dragão, dizemos que ela é psicótica. O psicótico não separa o virtual do real. Para ele a ideia é coisa. Pensou, é real.

Porque as dores de ideia são tão ou mais dolorosas que as dores de coisas, os homens têm estado, desde sempre, procurando técnicas para acabar com elas.

As terapias para cura de dor de ideia podem se classificar em dois grupos distintos. No primeiro grupo estão as terapias baseadas na crença de que *dor de ideia se cura com uma coisa que não é ideia*. Chá de hortelã, refresco de maracujá, as variadas misturas preparadas pelo *barman*, um cigarrinho, maconha, pó branco, os Florais de Bach, as poções e os pós sem conta da farmacologia psiquiátrica, tranquilizantes, antidepressivos, estupidificantes, sonoterapia. Essas entidades não são ideias. São coisas. Coisas para curar ideias.

Os psiquiatras ficarão bravos comigo. Eles têm raiva dos Florais de Bach – que acusam de anticientíficos. Como posso eu colocar os seus bioquímicos científicos junto aos Florais de Bach? As receitas são diferentes; os pressupostos são os mesmos: ideia se cura não com ideia mas com coisa. O fato é que o sonho da psiquiatria é ter uma botica parecida com a botica dos Florais de Bach: líquidos diferentes, em vidrinhos diferentes, possivelmente com cores diferentes, para evitar equívocos, cada um para uma dor de ideia. Raiva: líquido verde. Apatia: líquido cinza. Depressão: líquido roxo. Complexo de inferioridade: líquido azul. Medo de impotência: líquido vermelho. Eu acho que as cores variadas podem até influenciar na cura.

O outro grupo acredita diferente: *ideia se cura com ideia*. Os remédios da psiquiatria são potentes. Eu mesmo já me vali deles, com excelentes resultados. O problema são os efeitos colaterais. É possível que, passado o efeito da droga, voltem as dores de ideia. Por vezes, para tirar a dor de ideia, a pessoa fica abobalhada. E se o resultado for maravilhoso, e a pessoa ficar totalmente feliz, ela ficará também totalmente idiota. As pessoas totalmente felizes não conseguem pensar pensamentos interessantes. É preciso ter um pouquinho de dor para que o pensamento pense bonito.

(O meu voo estava sendo tranquilo. Aí, o telefone tocou. Uma voz: "Má notícia para lhe dar. Das Edições Loyola. O padre Galache morreu." Uma imensa dor de ideia. Sim, porque ao meu redor tudo continua o mesmo. É uma ideia que me dói – dor de ideia que não é para ser curada. É para ser sofrida. Saber sofrer é parte da sabedoria de viver. O padre Galache era meu amigo. Editor dos meus livros. Plantarei uma árvore para ele.)

Terapias para cura de dor de ideia. Rezas: a repetição sonambúlica do terço tem o efeito terapêutico de entupir o pensador com palavras sem sentido. Quem reza sonambulicamente não pensa: se não pensa as dores de ideia não aparecem. Meditação transcendental. Cantar. Quem canta seus males espanta. Ah! Os maravilhosos efeitos terapêuticos dos "Corais de Bach" (note bem: "corais" e não "florais") que ouço para colocar em ordem a alma. Conversa tranquila. Confissão. Magia. Psicanálise, essa "conversa curante": só se pode chegar às ideias por meio de ideias. Filosofia. Nem toda. Há uma filosofia que me torna pesado. Afundo. É a filosofia acadêmica que se faz profissionalmente. Todos os que estão escrevendo teses de filosofia sofrem de dores de ideia. A filosofia acadêmica pode emburrecer. Se houver ocasião, falaremos sobre o assunto. Mas há uma filosofia alegre, que me faz levitar. Quer levitar? Filosofe. Para fazer levitar a filosofia não pode nascer da cabeça. Ela tem de nascer das entranhas. Tem de ser escrita com o sangue. A gente lê e o corpo estremece: ri, espanta-se, tranquiliza-se, assombra-se. Muita filosofia, que no seu nascimento era coisa viva, sangrante, suco do pensador, nos cursos de filosofia se torna "disciplina", grão duro, sem gosto, a ser moído. O aluno é obrigado a estudar para passar nos exames. Filosofia terapêutica há de ser feita com prazer. Kolakowski, filósofo polonês, compara o filósofo a um bufão, bobo da corte, cujo ofício é fazer rir. O filosofar *amansa* as palavras: aquela cachorrada feroz que latia, ameaçava e não deixava dormir se transforma em cachorrada amiga de caudas abanantes. O filosofar ensina a surfar: de repente, a gente se vê deslizando sobre as ondas terríveis das dores de ideia. Também serve para pôr luz no escuro. Quando a luz se acende o medo se vai. Muita dor de ideia se deve à falta de luz. Os demônios fogem da luz. Wittgenstein diz que filosofia é contrafeitiço. É boa para nos livrar das dores de ideia, produtos de feitiçaria: há tantos feiticeiros e feiticeiras soltos por aí, tão bonitos: é só acreditar para ficar enfeitiçado... A filosofia nos torna desconfiados. Quem desconfia não fica enfeitiçado. Palavra de mineiro. Pois fica, assim, um convite para brincar de filosofar...

A aula e o seminário

Dizem os professores universitários que somente são dignas de reconhecimento acadêmico as ideias que têm *pedigree* reconhecido, isto é, aquelas que têm uma teoria como mãe e um método como pai. Se essa ascendência não for demonstrada a dita ideia não tem permissão para entrar na festa, qual seja, a tese, pois ideia sem pai e sem mãe, vinda não se sabe de onde, sem documentação, é certamente plebeia bastarda. Esse rigor protocolar retira logo minhas ideias do círculo da dignidade acadêmica, posto que elas sempre me aparecem repentinamente, sem teoria e sem método, sem que eu as tivesse procurado e sem que eu possa explicar a sua origem. E são sempre aparições felizes que me fazem rir. É o caso dessa ideia que me apareceu hoje pela manhã, quando caminhava. Ela pulou na minha frente e me disse: "Tanto se escreveu sobre o ensinar e o aprender. No entanto, está tudo resumido no duplo sentido da palavra comer." Ditas essas palavras ela sumiu e eu fiquei decifrando o enigma do duplo sentido da palavra comer e sua relação com a educação.

O primeiro sentido é o óbvio. Refere-se às funções gastronômicas. As funções gastronômicas exigem dois tipos de agentes. Numa ponta estão os cozinheiros. Na outra estão os que comem o que os cozinheiros prepararam. No dia a dia é a comidinha caseira, arroz, feijão, picadinho de carne, angu, linguiça, salada de alface com tomate, jiló, bife, ovo frito, molho de cebola, batata frita, sopa de fubá, sopa de mandioquinha, canja – receitas simples, antigas, que fazem o cotidiano das pessoas. As pessoas se assentam à mesa – crianças, jovens, adultos, velhos – e comem. Comem e gostam. Assim é entre nós. Se vivêssemos na Finlândia as comidas seriam outras. E é fácil aprender: basta ficar observando a cozinheira cozinhando. Faz hoje como sempre se fez. Não é novidade. É comida velha, testada, aprovada.

E é isso mesmo que devem fazer os professores. Uma aula é um prato de saberes/sabores que ele serve. E os alunos devem comer. E tem muita comida gostosa. Mas, infelizmente, eles são como cozinheiros do exército: são obrigados a cozinhar o que o general manda. É o general que determina o menu que, nas escolas, se chama currículo. O currículo é o conjunto de pratos que os alunos devem comer e digerir. Os cozinheiros/professores, se pudessem, fariam outros pratos. Mas é preciso cumprir o programa e eles são obrigados a servir muitos pratos indigestos e sem sabor, com dígrafos, encontros consonantais, fases de mitose, logaritmos, causas de guerras esquecidas... Esses pratos só são comidos sob ameaça, mas os alunos, logo que têm liberdade para comer *a la carte*, jamais os pedem e os esquecem para sempre. Mas é verdade também que há professores mágicos que são capazes de fazer suflês saborosos até com jiló. Mas esses casos são raros porque, para se fazer isso, é preciso que o professor tenha dó dos alunos.

Isso é a *aula*. A aula clássica é assim. Deve ser assim. É preciso que os alunos comam o que todos comem: matemática, geografia, história, física, química, filosofia. O professor prepara a sua aula. Diante dos alunos ele vai traçando os mapas dos mundos que eles não conhecem ainda mas devem conhecer. Se a aula for boa os alunos irão comer e beber as suas palavras. O mundo ficará luminoso. Já dei muita aula assim e disso me orgulho. Uma aula bem dada é como a execução de uma sonata. Já vi professores serem aplaudidos pelos alunos ao final da aula.

O segundo sentido da palavra comer é sexual. Comer é transar. Não sei a origem desse sentido. Sei que, no mundo dos animais, comer e transar frequentemente se confundem. Aranhas e louva-a-deus (como é mesmo o plural dessa palavra?) fêmeas devoram seus parceiros ao final da cópula. É bem possível que, na língua de tais bichos, se diga "vou comer o meu marido atual" (só existe o marido atual, porque os outros já foram devorados) como expressão sinônima de transar.

O comer gastronômico dá prazer e engorda as pessoas. Quem engorda fica igual, só que maior, mais pesado. Vai assimilando aquilo que os outros prepararam. Quem sabe o que ouviu nas aulas, sabe o pensamento dos outros, só sabe aquilo que os outros sabem. O comer sexual é diferente. Transar dá prazer e engravida. Gravidez é uma transformação qualitativa. O sêmen é ejaculado. Milhares de sementes de vida são lançadas. Onde ele cair, algo novo, que nunca aconteceu antes, diferente, vai germinar e nascer. Comida que não estava prevista em nenhum menu.

A palavra "seminário" vem de sêmen. Seminário não é aula. Seminário não é transmissão de saberes de outros. É transa, para que haja gravidezes e ideias novas nasçam, ideias que nem mesmo o professor jamais pensou. Num seminário o professor é também um aprendiz. Na aula o aluno recebe um saber do outro. O objetivo do seminário é diferente: que todos, juntos, por meio dessa orgia espermática, fiquem grávidos e comecem a parir.

Aula: um sabe e os outros não sabem. Seminário: cada um conhece um pouquinho e desconhece muito. O professor não dá respostas. Ele não sabe as respostas. Ele é um dos que procuram. Qualquer participante pode definir a pergunta inicial, provocação de pensamento. O que dá vida a um seminário é o não saber, a procura, os enigmas. Na aula a inteligência é um estômago que rumina e digere. Também isso é preciso. Mas no seminário a inteligência é útero. As sementes são jogadas lá dentro para que ela fique grávida – algo nunca pensado deve crescer e ser parido. O objetivo não é chegar a resultados. É desenvolver a capacidade de pensar e descobrir coisas novas.

Esse, eu penso, é o objetivo supremo da educação. É muito mais importante que as atividades de pesquisa. O objetivo da pesquisa é produzir conhecimento novo. Mas um seminário tem por objetivo desenvolver a capacidade de pensar, que é de onde o conhecimento novo pode surgir.

É profundamente lamentável e equivocado que os professores de nossas universidades sejam avaliados pela sua produtividade medida em número de artigos publicados em revistas internacionais. Ensinar a pensar é mais importante que pesquisar. É do desenvolvimento da capacidade de pensar que se forma um povo. Povo que não sabe pensar fica à mercê das mentiras.

Aulas e seminários: os dois jeitos. A aula acontece entre desiguais: o professor, que já foi e conhece, e os alunos, que não foram e ainda não conhecem. Dependendo da aula, pode até ser que eles se decidam a ir. O seminário acontece entre iguais: todos já foram, têm um saber incompleto, e desse saber surgem perguntas. O seminário é como juntar as peças de um quebra-cabeça: cada um tem um pedacinho. Qualquer um do grupo pode fazer a pergunta inicial. O professor funciona apenas como juiz da partida.

Mas ai, pobres seminários, pobres alunos! Alguns professores, combinando preguiça e malandragem, descobriram um jeito de não dar as aulas responsáveis que deveriam dar. Dizem que dão seminários: o que eles fazem pertence a um estágio superior ao das aulas! Valendo-se do fato de que, num seminário, o professor não dá a aula, distribuem textos pelos alunos, e eles, os alunos, que ainda não foram, que nada sabem sobre o assunto, ficam encarregados de "dar o seminário" (que absurdo!). Já vi alunos desesperados, lendo textos complicados que não entendem – o professor não deu a aula, explicando – e com a obrigação de ensinar aos outros aquilo que eles mesmos não sabem.

Há muitas formas de corrupção. Corrupção política, corrupção financeira, corrupção religiosa: o rosário é longo. Sugiro que se catalogue mais esta: a dos professores que, para não ter o trabalho de dar as aulas que deviam, montam as farsas dos seminários. Sugiro que os alunos denunciem essa malandragem!

Variação sobre um tema antigo

Era uma vez um pobre pescador e sua mulher. Eram pobres, muito pobres. Moravam numa choupana à beira-mar, num lugar solitário. Viviam dos poucos peixes que ele pescava. Poucos porque, de tão pobre que era, ele não possuía um barco: não podia aventurar-se ao mar alto, onde estão os grandes cardumes. Tinha de se contentar com os peixes que apanhava com os anzóis ou com as redes lançadas no raso. Sua choupana, de pau a pique, era coberta com folhas de palmeira. Quando chovia, a água caía dentro da casa e os dois tinham de ficar encolhidos, agachados, num canto. Não tinham razões para ser felizes. Mas, a despeito de tudo, tinham momentos de felicidade. Era quando começavam a falar sobre os seus sonhos. Algum dia ele teria sorte, teria uma grande pescaria, ou encontraria um tesouro – e então teriam uma casinha branca com janelas azuis, jardim na frente, um canário na gaiola e galinhas no quintal. Mas eles sabiam que a casinha branca não passava de um sonho. Por vezes a felicidade se faz com sonhos impossíveis. E assim, sonhando com a impossível casinha branca, eles faziam amor e dormiam abraçados.

Era um dia comum como todos os outros. O pescador saiu muito cedo com seus anzóis para pescar. O mar estava tranquilo, muito azul. O céu limpo, a brisa fresca. De cima de uma pedra lançou o seu anzol. Sentiu o tranco forte, peixe preso no anzol. Lutou. Puxou. Tirou o peixe. Escamas de prata com barbatanas de ouro. Foi então que o espanto aconteceu. O peixe falou. "Pescador, eu sou um peixe mágico. Devolva-me ao mar que realizarei o seu maior desejo..." O pescador resolveu arriscar. Um peixe que fala deve ser digno de confiança. "Eu e minha mulher temos um sonho", disse o pescador. "Sonhamos com uma casinha branca com janelas azuis, jardim na frente, galinhas no quintal, canário na gaiola. E mais, roupa nova para minha mulher..." Ditas essas palavras ele lançou o peixe de novo ao mar e voltou para casa, para ver se o prometido acontecera. De longe, no lugar da choupana antiga, ele viu uma casinha branca e, à frente dela, a sua mulher com um vestido novo – tão linda! Começou a correr, e enquanto corria pensava: "Finalmente nosso sonho vai se realizar! Finalmente vamos ser felizes!"

Foi um abraço de felicidade. A felicidade dela era completa. Mas não estava entendendo nada. Queria explicações. E ele então lhe contou do peixe mágico. "Ele disse que eu poderia pedir o que quisesse." Houve um momento de silêncio. O rosto da mulher se alterou. Cessou o riso. Ficou sério. Ela olhou para o marido e, pela primeira vez, ele lhe pareceu imensamente tolo: "Você poderia ter pedido o que quisesse? E por que não pediu uma casa maior, mais bonita, com varanda, três quartos e dois banheiros? Volte. Chame o peixe. Diga-lhe que você mudou de ideia." O marido sentiu a repreensão, sentiu-se envergonhado. Obedeceu. Voltou. O mar já não estava tão calmo, tão azul. Soprava um vento mais forte. Gritou: "Peixe encantado, de escamas de prata e barbatanas de ouro!" O peixe apareceu e lhe perguntou: "O que é que você deseja?" O pescador respondeu: "Minha mulher me disse que eu deveria ter pedido uma casa maior, com varanda, três quartos e dois banheiros!" O peixe lhe disse: "Pode ir. O desejo dela já foi atendido." De longe o pescador viu a casa nova, grande, do jeito mesmo como a mulher pedira. "Agora ela está feliz", ele pensou. Mas ao chegar a casa o que ele viu não foi um rosto sorridente. Foi um rosto transtornado. "Tolo, mil vezes tolo! De que me vale esta casa neste lugar ermo, onde ninguém a vê? O que eu desejo é um palacete no bairro elegante de uma cidade, dois andares, banheiros de mármore, escadarias, fontes, piscina. Volte! Diga ao peixe desse novo desejo!"

O pescador, obediente, voltou. O mar estava cinzento e agitado. Gritou: "Peixe encantado, de escamas de prata e barbatanas de ouro!" O peixe apareceu e lhe perguntou: "O que é que você deseja?" O pescador respondeu: "Minha mulher me disse que eu deveria ter pedido um palacete num bairro rico da cidade..." Antes que ele terminasse, o peixe disse: "Pode voltar. O desejo dela já está satisfeito." Depois de muito andar – agora ele já não morava perto da praia –, ele chegou à cidade e viu, num bairro rico, um palacete tal e qual aquele que sua mulher desejava. "Que bom", ele pensou. "Agora, com seu desejo satisfeito, ela deve estar feliz, mexendo nas coisas da casa." Mas ela não estava mexendo nas coisas da casa. Estava na janela. Olhava o palacete vizinho, muito maior e mais bonito que o seu, do homem mais rico da cidade. O seu rosto estava transtornado de raiva, os seus olhos injetados de inveja.

"Homem, o peixe disse que você poderia pedir o que quisesse. Volte. Diga-lhe que eu desejo um palácio de rainha, com salões de baile, salões de banquete, parques, lagos, cavalariças, criados, capela."

O marido obedeceu. Voltou. O vento soprava sinistro sobre o mar cor de chumbo. "Peixe encantado, de escamas de prata e barbatanas de ouro!" O peixe apareceu e lhe perguntou: "O que é que você deseja?" O pescador respondeu: "Minha mulher me disse que eu deveria ter pedido um palácio com salões de baile, de banquete, parques, lagos..." "Volte!", disse o peixe antes que ele terminasse. "O desejo de sua mulher já está satisfeito."

Era magnífico o palácio. Mais bonito do que tudo aquilo que ele jamais imaginara. Torres, bosques, gramados, jardins, lagos, fontes, criados, cavalos, cães de raça, salões ricamente decorados... Ele pensou: "Agora ela tem de estar satisfeita. Ela não pode pedir nada mais rico."

O céu estava coberto de nuvens e chovia. A mulher, de uma das janelas, observava o reino vizinho, ao longe. O céu estava azul. Fazia sol. Ao longe se viam as pessoas alegremente passeando pelo campo.

"De que me serve este palácio se não posso gozá-lo por causa da chuva? Volte, diga ao peixe que eu quero ter o poder dos deuses para decretar que haja sol ou haja chuva!"

O homem, amedrontado, voltou. O mar estava furioso. Suas ondas se espatifavam no rochedo. "Peixe encantado, de escamas de prata e barbatanas de ouro!" – ele gritou. O peixe apareceu. "Que é que sua mulher deseja?", ele perguntou. O pescador respondeu: "Ela deseja ter o poder para decretar que haja sol ou haja chuva!"

O peixe falou: "Vou lhes dar uma coisa melhor: vou lhes dar a felicidade!" O homem riu de alegria. "É isso que eu mais quero", ele disse. "Volte", disse o peixe. "Vá ao lugar da sua primeira casa. Lá você encontrará a felicidade..." E, com essas palavras, desapareceu. O pescador voltou. De longe viu a sua casinha antiga, a mesma casinha. Viu sua mulher, com o mesmo vestido velho. Ela colhia verduras na horta. Quando ela o viu, veio correndo ao seu encontro. "Que bom que você voltou mais cedo", ela disse com um sorriso. "Sabe? Vou fazer uma salada e sopa de ostras, daquelas que você gosta. E enquanto comemos, vamos falar sobre a casinha branca com janelas azuis..." Ditas essas palavras ela segurou a mão do pescador enquanto caminhavam, e eles foram felizes para sempre.

Conchas ou asas?

O conhecimento pode dar prazer. O conhecimento pode dar sofrimento.

Quando o conhecimento dá prazer a gente quer conhecer cada vez mais. Quando o conhecimento dá sofrimento a gente quer conhecer cada vez menos.

No início da sua *Metafísica*, Aristóteles afirma que "todos os homens têm, naturalmente, um impulso para adquirir conhecimento". Isso é absolutamente verdadeiro em relação ao conhecimento que dá prazer. O prazer que Walt Whitman sentiu ao entrar para a escola foi tão grande que ele lhe deu a forma de um poema:

Ao começar meus estudos
me agradou tanto o passo inicial,
a simples conscientização dos fatos,
as formas, o poder de movimento,
o mais pequeno inseto ou animal,
os sentidos, o dom de ver, o amor
– o passo inicial, torno a dizer,
me assustou tanto,
e me agradou tanto,
que não foi fácil para mim passar
e não foi fácil seguir adiante,
pois eu teria querido ficar ali
flanando o tempo todo,
cantando aquilo
em cânticos extasiados.

O conhecimento prazeroso é aquele que nos abre as janelas do mundo. Como se a gente estivesse viajando, e fosse vendo árvores, riachos, campos, vacas, cavalos, pássaros, casas, caminhos, nuvens... Conhecimento prazeroso é aquele que coloca diante de nós os cenários do mundo, que vão dos ovos num ninho de beija-flor até às galáxias a milhões de anos-luz de distância. Diante dos cenários que o conhecimento nos abre, os olhos e a alma ficam abobalhados de assombro. Como os de Walt Whitman menino.

Muitos séculos depois de Aristóteles, no final do século XVIII, o filósofo Emmanuel Kant escreveu um pequeno opúsculo com o título *O que é o Iluminismo?* em que ele faz uma exortação que Aristóteles não entenderia. Ele diz: *"Sapere Aude"* – ouse saber! Mas como? Ninguém vai dizer "ouse olhar no microscópio!", "ouse olhar no telescópio!". Olhar no microscópio e olhar no telescópio são atos curiosos que atendem à nossa inclinação natural. Acontece que Kant tinha consciência de um tipo de conhecimento diferente daquele a que se referia Aristóteles. Ele sabia que há um conhecimento que não é natural por exigir a virtude moral da ousadia. A ousadia é uma atitude de contrariar aquilo que é natural. Ousadia implica coragem, fazer o proibido, enfrentar o perigo, aceitar um desafio. Dá medo entrar numa floresta desconhecida. Dá medo escalar uma montanha perigosa. O impulso natural é recuar. Mas Kant diz: "Ouse conhecer!" O que separa esses dois tipos de conhecimento?

O conhecimento a que se referia Aristóteles é o conhecimento das coisas que estão separadas do meu corpo. Conhecimento que mora na cabeça. Albert Camus, no seu livro *O mito de Sísifo*, observa que Galileu, que possuía um conhecimento astronômico da mais alta importância, quando se viu ameaçado pela Inquisição (as igrejas cristãs sempre tiveram medo daqueles que conheciam o que elas não conheciam), negou o seu conhecimento, voltou atrás, desdisse. Covardia? Camus diz que Galileu fez muito bem. Se o sol gira em torno da terra ou a terra gira em torno do sol é matéria de profunda indiferença. Aquele conhecimento não valia a fogueira. A vida vale mais. No entanto, ele continua, há pessoas que são capazes de morrer e matar pelas ideias mais doidas. Por quê? Porque essas ideias lhes dão razões para viver.

Ideias que dão razões para viver são aquelas ideias que fazem parte do meu corpo. Eu sei que uma ideia faz parte do meu corpo quando eu fico feliz ao vê-la confirmada por outra pessoa. É bom ouvir alguém dizer: "É isso mesmo. Estou de acordo!" Quando duas pessoas confirmam uma mesma ideia – elas conhecem o mundo do mesmo jeito – estabelece-se entre elas um pacto; tornam-se uma comunidade; são irmãs. É assim que se formam as comunidades religiosas, as confrarias, alguns partidos políticos do tipo do PT, as torcidas de futebol, os grupos de adolescentes. Mas sei também que uma ideia é parte do meu corpo quando eu fico infeliz ao vê-la contestada. Meu corpo treme. Fico com raiva. Recuso-me a examinar logicamente o argumento daquele que a contesta. Preparo-me para a batalha. Se eu me preparo para sair, certo de que o céu está coberto de estrelas, e um amigo me informa que estou enganado porque começou a chover, eu posso ficar triste com o fato, mas não vou brigar para provar que o céu está estrelado. Vou simplesmente à janela para confirmar o dito. Se for verdade, levo o guarda-chuva. Mas se alguém disser que é um bom negócio derrubar as florestas para ganhar dinheiro, eu vou ficar muito bravo. Pode até ser que seja bom negócio. Se não fosse, as madeireiras não cortariam árvores. Há pessoas cujos corpos são feitos de cifrões. Seu corpo treme de felicidade ao ver a dança ascendente dos lucros. Acontece que os cifrões não circulam no meu sangue. Mas o meu corpo é feito com árvores e riachos. São as árvores e os riachos que me dão felicidade. Sabem o que eu faço quando a televisão mostra cenas de queimadas e devastações de florestas? Eu desligo a televisão. Sei que é verdade, mas eu não quero saber. Recuso-me. Contesto Aristóteles. Quero ignorar os fatos para que as árvores continuem de pé. É necessário, então, enunciar o contrário do dito pelo filósofo grego, e que é dito pela psicanálise: "Todos os homens têm, naturalmente, um impulso para evitar o conhecimento."

Esse estranho comportamento se deve ao fato de que nossos corpos não são feitos só de carne e sangue; eles são feitos de palavras. Os moluscos têm corpos moles. Falta-lhes um esqueleto. Como proteção, eles produzem conchas duras dentro das quais se fecham. Somos como os moluscos. Frágeis diante de um mundo imenso e assustador. Tratamos, então, de nos defender: construímos conchas duras de palavras. Conhecimento sobre o mundo? Tudo bem. Tudo é permitido. Nada assusta. Mas ai daquele que tocar numa das palavras que fazem parte da minha concha. Nossa concha é sagrada. Na verdade, aquele mundo a que damos o nome de sagrado é feito com as partes da nossa concha de palavras. Ai daquele que tentar negar, contestar, destruir uma dessas palavras! O corpo inteiro se mobiliza para a batalha. Ou para a retirada... Retirada é também uma tática de guerra. Tapar os olhos, entupir os ouvidos, recusar-se a pensar.

Pensar é muito perigoso. As Sagradas Escrituras relatam um sonho em que aparecia uma estátua enorme, de ferro, com pés de barro. Basta um pé de barro para que a estátua caia. O perigo do pensamento está em que ele venha a revelar que nossa estátua de ferro tem pés de barro: nossa concha é feita de gelatina. Se isso acontecer já não mais conseguiremos dormir em paz. Compreende-se, portanto, que contrariamente ao que disse Aristóteles, a nossa tendência natural seja a de evitar conhecimento. Os homens, naturalmente, esforçam-se por não conhecer.

O corpo é sagrado. E sagradas são todas as coisas que estão vitalmente ligadas a ele. Pensar uma palavra sagrada é correr o risco de trincar a concha dura que protege o nosso corpo mole. Coisas sagradas que não devem ser pensadas são ídolos. Ídolos não são para ser pensados. Ídolos são para ser adorados e usados. Compreende-se, portanto, a tendência das pessoas religiosas de se recusarem a pensar sobre suas ideias. Suas ideias religiosas – e portanto os seus deuses – ficam fora do exercício do pensamento.

Mas eu não posso respeitar deuses que me proíbam o exercício do pensamento. Um deus que não sobrevive ao exercício da inteligência não pode ser deus. É um ídolo de pés de barro. Mas eu amaria e respeitaria um Deus que não temesse o pensamento e que me dissesse, como desafio: "Ouse pensar!" Eu amaria e respeitaria um Deus que desafiasse os homens a abandonar suas conchas para se tornarem seres alados!

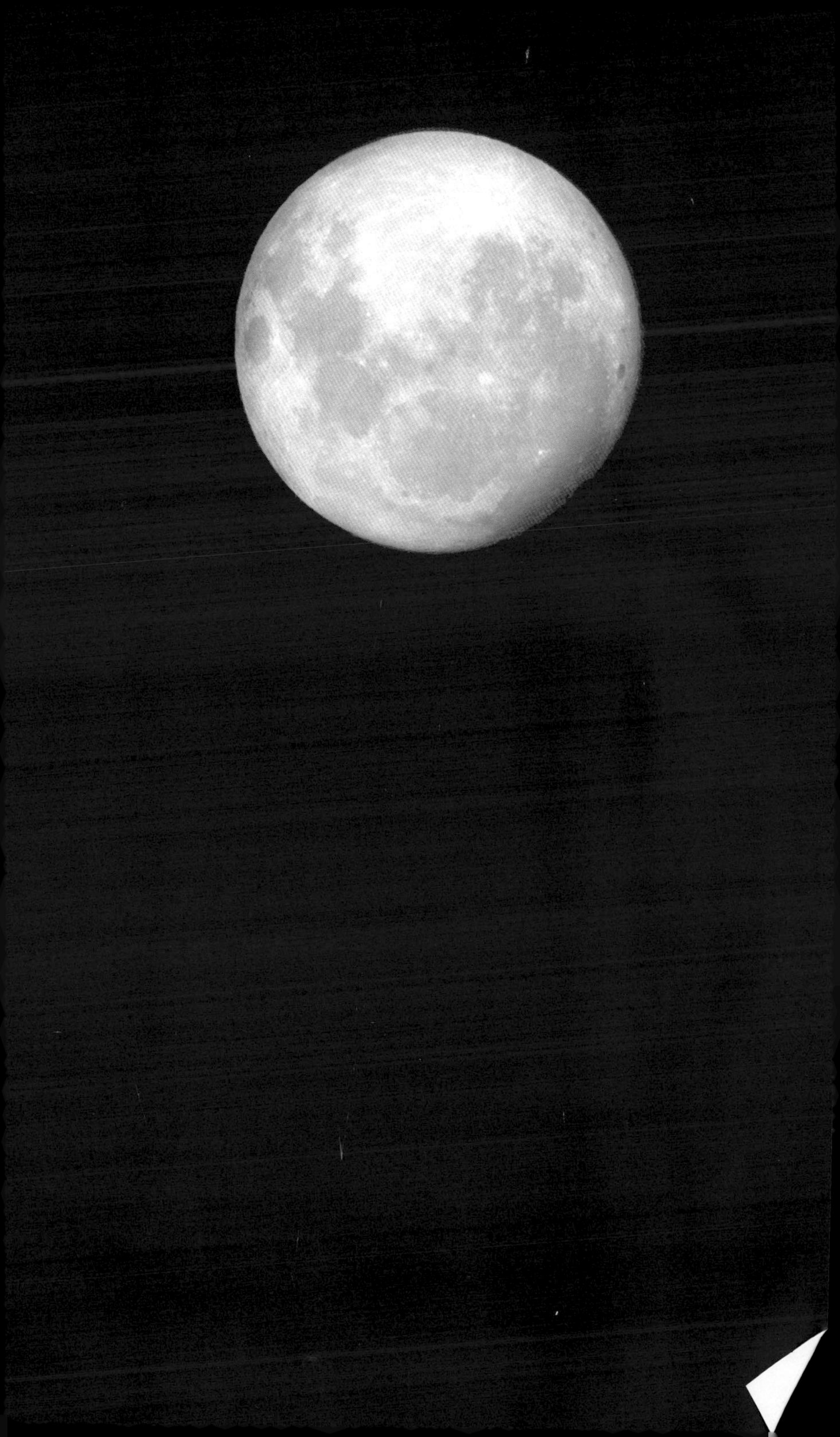

A rosa não mais floresce...

Faz uns meses, viajei pela Europa por duas semanas. Visitei os lugares que os turistas visitam, vi as obras de arte que os turistas veem. Coisas lindas, comoventes. Mas não ficaram. Foram logo esquecidas. O que ficou foi um livro que encontrei numa livraria. Comprei. Pinturas e desenhos de um artista que eu não conhecia, Karl Larsson, sueco, nascido em 1853. O filósofo alemão Ludwig Feuerbach diz que a nossa imagem aparece espelhada naquilo que vemos. Ao ver as telas de Larsson descobri quem sou. Reconheço o gênio de pintores modernos como Picasso, Dalí, Miró. Inventaram novas linguagens plásticas. Gênios. Mas eu nunca me vejo refletido nelas. Suas obras me causam assombro. Mas não as amo. Não quereria viver dentro delas. As telas de Larsson, ao contrário, me dariam felicidade se eu estivesse dentro delas. São cenas de felicidade infantil: uma casa com fumaça saindo da chaminé, fogão de ferro com gato e panelas, um quintal com galinhas deitadas no capim, um cachorro diante da porta, crianças nuas nadando, menina com um gato, menina debaixo da mesa, menina pescando, a família colhendo maçãs... Os críticos de arte, ao examinar uma tela, trazem consigo uma parafernália de informações sobre estilos, influências, técnicas, linguagens. Eles são seres de "consciência crítica". Eu, ao contrário, esqueço-me de tudo o que sei ao olhar as telas de Larsson. Viro criança novamente – consciência totalmente ingênua. Nada tenho a ver com os críticos de arte e especialistas em estética que estão em busca das novas linguagens da pintura. Eu gostaria mesmo é de viver dentro das cenas simples que Larsson pinta com precisão e olhar amoroso. Sou um romântico.

"No princípio era uma cena de felicidade..." A alma, no seu lugar mais profundo, é uma cena de felicidade. Viver é sair por aí, ou procurando a cena feliz ou tentando construir a cena feliz. O amor por um homem ou por uma mulher acontece quando, repentinamente, ao ver um rosto, tem-se a impressão de havê-lo visto lá, dentro da cena da alma:

Quando te vi amei-te já muito antes,
Tornei a achar-te quando te encontrei.
Nasci para ti antes de haver o mundo.

(Fernando Pessoa)

Amamos uma pessoa porque a sua imagem se insere na cena de felicidade que havia na memória "antes de haver o mundo"... A paixão acontece quando o rosto real à minha frente coincide, na minha fantasia, com a imagem perdida que busco (para completar a cena).

* * *

Os dois, à mesa do restaurante. A comida e a bebida são desculpas. Os dois estão em busca da imagem perdida. Os rostos são os mesmos. Eles se reconhecem. Os retratos o comprovam. Mas as imagens amadas fugiram dos rostos conhecidos, os mesmos rostos.

Os dois, silenciosamente (falta-lhes coragem para falar), fazem um para o outro a pergunta que Cecília Meireles fazia à sua avó morta: "Onde ficou teu outro corpo? Na parede? Nos móveis? No teto?" Sim, para onde foi a imagem que me fez feliz, a imagem que morava nesse rosto? Agora, por mais que examinem, não conseguem encontrar sinais da sua presença. O rosto está opaco. Nesse mesmo rosto, agora, mora uma outra imagem, estranha, feita com materiais desumanos: pedra, gelo, fogo, deboche, alfinetes, areia. Contemplam o rosto conhecido e o desconhecem. Não encontram nele a imagem amada. O rosto dói: é o lugar da ausência da imagem que compunha a cena de felicidade que existia na alma "antes de haver o mundo". A cena de felicidade está rasgada. O Paraíso foi perdido.

* * *

Era o casamento. Igreja cheia. O padre falava aos noivos e aos convidados sobre a felicidade. Dizia ele, eloquente cantante (sem saber que a eloquência caiu de moda, há muito): "Desafio qualquer pessoa deste auditório a me demonstrar que, se duas pessoas tiverem o desejo sincero de felicidade, elas não conseguirão ser felizes." Tive de me conter para não aceitar o desafio. Iria estragar a festa. O padre recitava psicologia vulgar: querer é poder! Não havia prestado atenção nem em Freud nem em São Paulo apóstolo, que dizia o contrário. "Querer o bem está em mim, mas não sou capaz de fazê-lo. Não faço o bem que quero e sim o mal que não quero" (Romanos 7:18-19). Sim, eu quero ser feliz mas não consigo. Estrago tudo!

O padre, educado na filosofia, acreditava que a vida, inclusive o amor, se faz com a razão. De fato, muitas coisas se fazem com a razão e sem ela não é possível viver. O casamento

– duas pessoas vivendo o cotidiano – só sobrevive com o auxílio da razão. O cuidado com a casa, o cuidado com as crianças, o supermercado, as roupas, a comida, o trabalho, a diversão: sem a ordem da razão o cotidiano vira atrito e conflito. Se o casamento fosse uma empresa a razão bastaria. Mas empresa bem-sucedida não dá a felicidade que o padre prometia.

O padre não sabia: a razão nada sabe sobre felicidade. A razão é como aqueles gênios da garrafa. Eles não têm vontade própria; não têm imaginação. Só têm poder. Obedecem às ordens do amo. Pois a razão é assim: ela só sabe obedecer às ordens do coração. O coração, ele mesmo, desconhece a razão. Não há razões para que eu deseje morar nas cenas da pintura de Larsson. Outros não quererão. "A rosa não tem porquês. Ela floresce porque floresce." Assim disse o místico Ângelus Silésius. O amor é como a rosa.

* * *

Estão os dois, à mesa do restaurante. Olham-se. Seus olhos não são os olhos ingênuos que contemplam as cenas de felicidade das telas de Larsson. A cena, refletida nos olhos do outro, não é uma cena de felicidade. Seus olhos procuram a felicidade que se perdeu. Mas como se perdeu? O rosto não é o mesmo, aquele mesmo rosto que, jurei para mim mesmo, haveria de amar para sempre? Olham um para o outro (tantas vezes fizeram isso!) – e fica não dita a pergunta que nenhum tem coragem de fazer: "Que é que fez com que a rosa que florescia deixasse de florescer? Que é que fez com que a rosa que só florescia rosas, agora floresça espinhos?"

O jantar termina. E cada um vai para a sua solidão. Lá, longe do outro, é finalmente possível amá-lo. Na distância o outro não perturba a sua bela imagem. Ela está no retrato, como sempre esteve, imperturbada, sempre a mesma, congelada eternamente. E cada um sorri.

Por que a rosa não mais floresce?

O padre disse que foi a falta de desejo honesto de ser feliz. O padre estava errado. A rosa que amamos pode deixar de florescer a despeito dos nossos mais sinceros esforços.

Há algo trágico no poema de Cassiano Ricardo.

Por que tenho saudade
de você, no retrato,
ainda que o mais recente?
E por que um simples retrato,
mais que você, me comove,
se você mesma está presente?

Quando li esse poema pela primeira vez tive a impressão de que ele estava brincando. Agora eu o leio como um lamento. Como eu amo você! Quem ama quer estar junto, segurar as mãos, ficar olhando para o rosto... Mas eu não sinto isso quando estou com você. A sua presença estraga o gozo do meu amor. O "você" que eu amo – eu não o encontro em você. Encontro no seu retrato. Olho para você, do outro lado da mesa. E me lembro do seu retrato. Ah! Como você, presente, é diferente do "você" no seu retrato! Olho o seu retrato e sinto saudades. O retrato é o lugar da ausência. Barthes diz que aquilo que todos os retratos retratam é a morte: o que deixou de ser, o que não é mais. O tempo do retrato é um passado irrecuperável. Amo um objeto que não tem mais existência: a sua imagem no retrato, morta, embora você mesma esteja presente. Meu amor mora num passado sem volta. Sendo esse o caso, não amo você, presente, diante de mim, do outro lado da mesa. Amo o "você" que escorregou do seu rosto, e mora agora no retrato, lugar da morte. Amor infeliz. Você, que eu posso abraçar, não é o "você" que eu amo...

A rosa florescia. Por que deixou de florescer?

Talvez o amor não passe de uma deliciosa ilusão que se realiza em momentos sagrados, raros. Quando ele acontece é aquela felicidade imensa, aquela certeza de eternidade. Ah!

Como os apaixonados desejam sinceramente que aquela felicidade não tenha fim! Mas o amor, pássaro, de repente bate as asas e voa... Brincando, faz tempo, eu sugeri que um casamento que se baseasse no amor teria de ser efêmero – porque o amor é sentimento, e os sentimentos não podem ser transformados em monumentos. É o evangelho que diz. Deus é amor. E diz também que Deus é "vento que sopra onde quer, sem que saibamos donde vem nem para onde vai..."

* * *

Nos sonhos a imagem da casa frequentemente corresponde ao corpo. Jesus, numa parábola, compara o corpo a uma casa vazia que, por estar vazia, foi invadida por demônios sem-teto. As casas são comoventes. Uma das razões do meu amor pelas pinturas de Larsson é que ele pinta casas, com fumaça saindo pela chaminé, cozinhas, gatos, galinhas. Comovem-me especialmente as casas velhas – pelas estórias que elas contam. Sim, casas contam estórias, ou acontecidas ou por acontecer.

As casas estão ligadas ao amor. "Tu não te lembras da casinha pequenina onde o nosso amor nasceu? Tinha um coqueiro do lado que – coitado! – de saudade já morreu..." O amor por uma pessoa começa do mesmo jeito como começa o amor por uma casa. Vem primeiro o visível: a gente vê a casa, a gente vê um rosto, um corpo. E aquele sentimento de querer morar naquela casa, de querer morar naquele corpo... O que se imagina não pode se comparar ao que se vê. O que se vê é apenas um ponto em torno do qual a imaginação pinta a cena de felicidade. Sim, quero morar na casa, essa casa que vejo, de paredes brancas e janelas azuis – porque estou amando tudo aquilo que acontecerá nela. Amo a casa de paredes brancas e janelas azuis pelos sonhos que a envolvem.

Os apaixonados não sabem que cada casa de paredes brancas e janelas azuis é uma pensão. Pensões frequentemente se anunciam como "familiares", lugares de respeito. O dono até pode rejeitar um possível hóspede. Com o corpo não é assim. Os hóspedes já estão lá, todos com a mesma cara, mas cada um de um jeito: um professor sério, uma criança que brinca, um avô carinhoso, um sedutor de fala mansa, um pecador arrependido, um poeta deprimido, um sargento autoritário, uma criança birrenta, um órfão abandonado, um sabe-tudo que só fala e não escuta, um debochado, um torturador que sabe onde dói mais, um assassino que só não mata por medo, um ser monstruoso, mistura de bruxa e demônio. Todos nos seus quartos. Normalmente não aparecem. Esse rol de hóspedes – eles não se encontram todos na pensão. Apenas alguns – o que é suficiente.

O dono da pensão – que se chama "eu" – se esforça por mantê-los quietos. Alguns, ele gosta que apareçam. São seres civilizados. Confirmam o caráter "familiar" da pensão. Outros, quando aparecem, é como se o inferno acontecesse. Trancam o dono da pensão (o padre o chamaria de "razão") num quarto, e estabelecem o horror-terror. É a gritaria, são as ofensas, os palavrões, a ironia cortante, as agressões, a violência. Os demônios têm um conhecimento preciso dos lugares a serem tocados. A pensão – paredes brancas e janelas azuis – se transforma num lugar infernal. (São nesses momentos que acontecem as tragédias. Crimes. Vem o julgamento. Mas aquele que é julgado, odiado e executado não é o criminoso. É o dono da pensão, pessoa pacífica e de bons sentimentos. O criminoso está dormindo, numa cela, no porão da pensão...) Passada a orgia infernal, os demônios exauridos e satisfeitos retornam às suas celas, deixando os destroços para serem arrumados pelo dono da pensão. É o momento da tristeza e da vergonha. Como explicar que aquela pensão de paredes brancas e janelas azuis, anunciada como lugar sagrado – à porta, "Lar, doce lar"; no *hall* de entrada uma Bíblia aberta! –, de repente se transforme num lugar infernal?

Casamento é uma fusão de pensões. Para os apaixonados não é pensão: é a casinha pequenina, paredes brancas e janelas azuis, onde o nosso amor nasceu. O morador, a moradora: Que lindo sorriso! Que voz mansa! Que boca excitante! Ignoram que a casa é uma pensão onde moram muitos hóspedes estranhos que, sem nenhum aviso prévio, à menor provocação, acordam e fazem o inferno.

Passada a vergonha vêm os pedidos de perdão, as promessas de que aquilo jamais irá se repetir, as juras de amor eterno. Assim falam as boas intenções da impotente razão.

Mas as feridas produzidas não podem ser esquecidas. Somente Deus tem poder suficiente para esquecer. E o rosto – aquele mesmo que se encontra do outro lado da mesa, que outrora era lugar da imagem feliz – está irremediavelmente marcado: naquele rosto angelical foi vista a imagem que não se queria ver. O que se viu não pode ser esquecido.

É. Tem razão o poeta: "O amor é a coisa mais triste quando se desfaz." É triste por causa do retrato: porque ele faz lembrar uma felicidade que se teve e que não se tem mais. O retrato é uma sepultura.

Aos apaixonados

Dedico esta crônica aos apaixonados, mesmo sabendo que servirá para nada. É inútil falar aos apaixonados. Os apaixonados só ouvem poemas e canções. A paixão, experiência insuperável de prazer e alegria, pelo fato mesmo de ser uma experiência insuperável de prazer e alegria, coloca o apaixonado fora dos limites da razão. Todo apaixonado é tolo. Pode ser que ele escute a fala da razão. Escuta mas não acredita. Diz ele: "O meu caso é diferente!" Tolo mesmo é quem tenta argumentar com os apaixonados.

Começo minha inútil meditação com um verso terrível de T.S. Eliot. Ele está rezando. Ele sabe que somente

Deus tem poder para lidar com a loucura da paixão. Ele reza assim: "... e livra-me da dor da paixão não satisfeita, e da dor muito maior da paixão satisfeita".

Todo mundo sabe que paixão não satisfeita dói. Mas poucos sabem que a paixão só existe se não for satisfeita. A paixão é um desejo de posse que, para existir, não pode se realizar. Como a fome: depois do almoço a fome acaba...

Paixão é fome. Ela só floresce na ausência do objeto amado. Mais precisamente, ela vive *da* ausência do objeto amado. Não se trata de ausência física, o objeto amado distante, longe. A dor da ausência física tem o nome de saudade. Saudade tem cura. A saudade é curada quando o objeto volta. A dor da paixão é diferente. Não tem cura. A saudade do objeto amado, mesmo quando ele está presente, é o perfume característico da paixão. Cassiano Ricardo sabia disso e escreveu:

> *Por que tenho saudade*
> *de você, no retrato, ainda que o mais recente?*
> *E por que um simples retrato,*
> *mais que você, me comove, se você mesma está presente?*

Que coisa mais esquisita! Como pode ser isso? Como se pode sentir saudade de algo que está presente? A resposta é simples: a gente sente saudade de uma pessoa presente quando ela está se despedindo. Cecília Meireles, desenhando sua avó morta, a quem ela muito amava, disse: "Tu eras uma ausência que se demorava; uma despedida pronta a cumprir-se." Dirão: "É natural. A avó já era velhinha..." É verdade. Mas o que caracteriza o olhar apaixonado é que ele percebe, no rosto da pessoa amada, essa ausência que se anuncia e essa despedida pronta a cumprir-se. O apaixonado pensa que sua paixão tem a ver com o objeto. Ele não sabe que foi o seu olhar que o tornou encantado. Os poetas são pessoas apaixonadas pela vida. E a sua paixão faz com que ela, a vida, apareça sempre banhada por uma luz crepuscular. Rilke perguntava, sem esperanças de resposta: "Quem foi que assim nos fascinou para que tivéssemos um ar de despedida em tudo o que fazemos?" É o olhar da pessoa apaixonada que cria a imagem do objeto da paixão. É sobre a Cecília Meireles que o Drummond escreve. Mas sua descrição, eu creio, se aplicaria a todos os objetos da paixão:

> Não me parecia criatura inquestionavelmente real; por mais que aferisse os traços de sua presença entre nós, restava-me a impressão de que ela não estava onde nós a víamos. Distância, exílio e viagem transpareciam no sorriso benevolente... que confirmava a irrealidade do indivíduo.

A dor da paixão não satisfeita é essa: o apaixonado deseja possuir o objeto do seu amor, mas ele escapa sempre. Por isso ele sofre. Movido pela dor, quer possuí-lo. Não sabe que, para que sua paixão continue a existir, é preciso que ele continue escapando sempre. A paixão só ama objetos livres como os pássaros em voo.

"... *e da dor muito maior da paixão satisfeita*".

A dor da paixão não satisfeita é iluminada por uma alegria. O apaixonado vive na esperança de que um dia ele possuirá o objeto da sua paixão. Mas a "dor muito maior" da paixão satisfeita não tem mais esperanças. O objeto se desfez. Ela vive na tristeza do objeto perdido.

Escrevi uma estória sobre isso. A Menina era apaixonada pelo Pássaro Encantado. Mas ela sofria porque o Pássaro era livre. O Pássaro Encantado era sempre uma ausência que se demorava, uma despedida pronta a cumprir-se. O Pássaro lhe disse que era preciso que fosse assim, para que eles continuassem apaixonados. Ele sabia que a paixão ama pássaros em voo. Mas a Menina não acreditou. Prendeu-o numa gaiola.

Gaiola? Há as feitas com ferro e cadeados. Mas as mais sutis são feitas com desejos.

Esquisito o que vou dizer: a alma é uma biblioteca. Nela se encontram as estórias que amamos. *Romeu e Julieta*,

Abelardo e Heloísa, O paciente inglês, As pontes de Madison, Amor nos tempos do cólera, A menina e o pássaro encantado. As estórias que amamos revelam a forma do nosso desejo. Delas, escolhemos uma. É a nossa gaiola. Gaiola na mão, saímos pela vida à procura do nosso Pássaro. Quando imaginamos havê-lo encontrado – que felicidade! Ficará feliz em nossa gaiola. Será o amante da nossa estória de amor: eu para você, você para mim... Nós o colocamos lá dentro e pedimos que nos cante canções de amor.

Acontece que o Pássaro também tinha a sua estória. E era outra. Todo Pássaro deseja voar. Ele bate suas asas contra as grades, suas penas perdem as cores e o seu canto se transforma em choro. E, de repente, ele se transforma. Não mais o reconhecemos. É um outro. Essa é a razão por que a dor da paixão satisfeita é muito maior.

Contada assim, a estória parece ter um vilão e uma vítima. A verdade é que os dois são vilões, os dois são vítimas. O desejo da gente é sempre engaiolar o outro e levá-lo pelos caminhos que são nossos. Isso vale para tudo: marido-mulher, pai-filha, mãe-filho, patrão-empregado, professor-aluno... Não admira que Sartre tenha dito que "o inferno é o outro".

Não haverá uma saída. Lembro-me de um pequeno poema de Pearls que sugere a possibilidade de uma relação sem gaiolas:

Eu sou eu.
Você é você.
Eu não estou neste mundo para atender
às suas expectativas.
E você não está neste mundo para atender
às minhas expectativas.
Eu faço a minha coisa.
Você faz a sua.
E quando nos encontramos.
é muito bom.

Que bom que eles se casaram...

A Mema tinha a delicadeza de uma asa de borboleta. Jovem, tinha sido muito bonita. Teve um caso de amor. Mas o pai não permitiu o casamento. O moço era pobre e da "prateleira de baixo". Ela aceitou o veredicto do pai e transformou sua tristeza numa delicadeza mansa para com tudo e todos, especialmente para com os sobrinhos. Sempre que algum deles adoecia, a Mema era chamada. Todos a adoravam. Naquela manhã ela reuniu os sobrinhos e os levou para passear, longe da casa. Eles não entenderiam o que estava para acontecer. Na verdade, eles não deveriam entender. Na casa o movimento era incomum, mulheres entrando e saindo de um quarto, água fervendo no fogão, o marido andando como um bobo de um lado para o outro. Até que se ouviu o choro de uma criança. O choro anunciava o nascimento. A parteira anunciou: "É um menino!" A mãe ficou desapontada. Já tinha três filhos homens. Tinha rezado muito para que na sua barriga estivesse uma menina. Toda mãe sonha com uma menina como companheira e enfermeira, para quando os dias forem maus. Quando a Mema voltou com os meninos, eles foram informados pelo pai que um irmãozinho havia chegado – sem explicar como nem de onde. Era o dia 15 de setembro de 1933. Assim foi: no desejo de minha mãe eu deveria ter sido uma menina... Ela mesma me disse, muito tempo depois, carinhosamente.

Hoje, decorridos sessenta e seis anos, mortos meu pai, minha mãe, Mema, parteiras, comadres, eu fico pensando sobre o enigma do casamento do meu pai e da minha mãe. Eu nunca os vi brigando. Nunca ouvi uma troca de palavras ásperas entre eles. E, no entanto, nunca pude entender por que eles se casaram. Minha impressão era de que eles viviam em mundos imensamente distantes, bolhas que não se comunicavam. Vieram-me à memória as palavras que Thomas Mann colocou na boca de José. José, vendido pelos irmãos invejosos a mercadores de escravos que iam para o Egito, diz ao seu novo dono: "Estamos assentados a um metro de distância um do outro. E, no entanto, ao teu redor gira um universo do qual tu és o centro, e não eu. E ao meu redor gira um universo do qual o centro sou eu, e não tu" (Thomas Mann, *José no Egito*). Era assim que eu sentia o meu pai e a minha mãe.

Meu pai era um sonhador. A fotografia dele de que mais gosto é uma em que ele está assentado numa poltrona, fumando o seu cachimbo, com olhar perdido. O cheiro e a fumaça do cachimbo têm um poder "desrealizador" (essa palavra inexistente, eu acho, é de Bachelard...) A fumaça, em suas espirais azuis, vai dissolvendo os contornos nítidos das coisas. Os pintores chineses sabiam disso e, para misturar realidade com irrealidade, enchiam suas telas com neblinas. O cachimbo é um produtor de neblinas. Na neblina, ali onde a realidade fica irrealidade, o cachimbo abre o mundo dos sonhos. Meu pai, homem de origem humilde e pobre, sem árvore genealógica, foi homem de negócios bem-sucedido e rico e terminou sua vida como caixeiro-viajante pobre. Quem desejar saber algo sobre a alma dos caixeiros-viajantes que leia a peça de Miller *A morte do caixeiro-viajante*. Quando vi essa peça pela primeira vez, num teatro em São Paulo, o impacto foi tão grande que me senti fisicamente mal. Era a estória da vida do meu pai. Mas o fato é que, na alma, ele nunca foi nem uma coisa nem outra. Se tivesse podido teria sido um ator de teatro. Sei mesmo que ele chegou a fazer algumas experiências no palco, lá em Boa Esperança. Não teve sucesso como ator de palco mas foi um ator, a vida inteira. O que caracteriza um bom ator é que, ao representar, ele se esquece que está representando. Ele não representa; ele vive os papéis. Ri, chora, sofre, como se fosse verdade. Vida afora meu pai se especializou em papéis alegres. Seu público era qualquer grupo de pessoas. Qualquer assunto era motivo para que ele criasse, através da palavra, uma trama fascinante que a todos encantava. Essa capacidade é uma grande virtude nos atores profissionais. Mas estes sabem que, ao sair do palco, o teatro terminou. Vida e teatro não são a mesma coisa. Mas meu pai não saía do palco. Não distinguia entre teatro e vida. Para ele, a vida inteira era um teatro. Pagou um preço muito alto por sua vocação artística. Porque o *script* da vida não é igual ao *script* da peça. Por isso morreu pobre. Meu pai sonhou a vida inteira.

Minha mãe vinha de um mundo completamente diferente. Nascida num rico sobrado colonial, com vidros coloridos importados, longos corredores, salas barrocas, festas, sua família se gabava de ancestrais nobres e poderosos. Diziam, inclusive, que um dos seus membros havia sido governador da província das Minas Gerais, havendo deixado em Ouro Preto um chafariz com o seu nome – fato que nunca pude comprovar. As viagens para o exterior não eram incomuns. Minha tia Georgina, jovem de dezoito anos no final do século passado, foi sozinha aos Estados Unidos tratar da saúde, numa longa viagem de vapor. Todas as filhas eram pintoras. Todas sabiam tocar algum instrumento: bandolim, cítara (lembro-me de duas cítaras abandonadas, bordadas com madrepérola), piano. Minha mãe, além do bandolim, que abandonou, era pianista. Entendam-me. Não é que ela soubesse tocar piano e o fizesse em saraus musicais, como o fazem inúmeras mocinhas. O piano era a sua alma. Lembro-me dela tocando a *Sonata ao luar*, de Beethoven, a balada em sol menor, de Chopin. Minha mãe, mulher tímida e de poucas palavras, ao se assentar ao piano entrava num mundo de beleza musical a que poucas pessoas tinham acesso. Tocava, e a música criava ao seu redor um bolha encantada onde ela estava só. Meu pai ficava sempre de fora, embora fosse delicado e atencioso. Vez por outra ele dava um palpite: "Toque uma daquelas valsinhas boas para dormir..." Ela sorria e tocava. Deixava sua bolha mágica para atender ao pedido da criança. Porque, esteticamente, meu pai era uma criança.

 Foi minha mãe que me abriu o mundo da música. Menino ainda, ela me levava aos concertos no Teatro Municipal do Rio de Janeiro. Foi com ela que ouvi Brailowski, Nikita Magalloff, Friedrich Gulda. Curiosamente, foi ela que ensinou piano a uma comadre, dona Augusta Freire, e a suas filhas, em Boa Esperança. Pois dona Augusta, num descuido do amor, ficou grávida de novo depois de muitos anos, e o menininho intruso recebeu o nome de Nelson Freire, que atualmente é um dos maiores pianistas do mundo.

 Minha mãe falava pouco, muito pouco. Nós nos comunicávamos pela música. Ela ficava assentada, ouvindo, sem nada dizer, enquanto eu estudava a sonata de Chopin.

Há músicas que a gente ouve e gosta imediatamente. Sua beleza está no jardim de entrada. Ouvindo essas músicas a gente tem uma experiência imediata de comunhão: todos são igualmente comovidos. A música clássica é diferente. Sua beleza não se encontra no jardim de entrada mas num quarto fechado à chave. Quem não tem a chave não entra. A beleza da música clássica precisa ser aprendida paciente e disciplinadamente. Quem aprendeu tem a chave: entra no quarto e tem a experiência da beleza. Quem não aprendeu fica de fora e não percebe nada. Por isso a música clássica pode produzir uma dolorosa solidão.

Do meu pai, eu acho, herdei o gosto pela palavra, o prazer em criar mundos pela escrita e pela fala. O mundo do meu pai se abre para fora, para uma comunhão fácil.

Da minha mãe recebi as chaves que abrem as portas que levam ao mundo da música clássica. O mundo de minha mãe se abre para dentro, onde se encontram a alegria e uma comunhão difícil que beira à solidão.

Não sei por que se casaram. Mas, que bom que se casaram! Porque, se não tivessem se casado, eu não teria nascido naquela manhã do dia 15 de setembro de 1933.

Um caso de amor com a vida*

O tempo se mede com batidas. Pode ser medido com as batidas de um relógio ou pode ser medido com as batidas do coração. Os gregos, mais sensíveis do que nós, tinham duas palavras diferentes para indicar esses dois tempos. Ao tempo que se mede com as batidas do relógio – embora eles não tivessem relógios como os nossos – eles davam o nome de *chronos*. Daí a palavra "cronômetro".

O pêndulo do relógio oscila numa absoluta indiferença à vida. Com suas batidas vai dividindo o tempo em pedaços iguais: horas, minutos, segundos. A cada quarto de hora soa

---

* Publicada originalmente no *Correio Popular* com o título "Aos velhos...".

o mesmo carrilhão, indiferente à vida e à morte, ao riso e ao choro. Agora os cronômetros partem o tempo em fatias ainda menores, que o corpo é incapaz de perceber. Centésimos de segundo: que posso sentir num centésimo de segundo? Que posso viver num centésimo de segundo? Diz Ricardo Reis, no seu poema "Mestre, são plácidas..." (que todo dia rezo): "Não há tristezas nem alegrias na nossa vida..." Estranho que ele diga isso. Mas diz certo: o tempo do relógio é indiferente às tristezas e alegrias.

Há, entretanto, o tempo que se mede com as batidas do coração. Ao coração falta a precisão dos cronômetros. Suas batidas dançam ao ritmo da vida – e da morte. Por vezes tranquilo, de repente se agita, tocado pelo medo ou pelo amor. Dá saltos. Tropeça. Trina. Retorna à rotina. A esse tempo de vida os gregos davam o nome de *kairós* – para o qual não temos correspondente: nossa civilização tem palavras para dizer o tempo dos relógios: a ciência. Mas perdeu as palavras para dizer o tempo do coração.

Chronos é um tempo sem surpresas: a próxima música do carrilhão do relógio de parede acontecerá no exato segundo previsto. *Kairós*, ao contrário, vive de surpresas. Nunca se sabe quando sua música vai soar. Foi o aniversário da Mariana, minha neta. O relógio me diz, com precisão, o número de segundos decorridos desde o seu nascimento. Mas o meu coração nada sabe sobre esses números. E, se souber, os números não me dirão nada. Quando eu me lembro, é como se tivesse acabado de acontecer. Disso sabia o Riobaldo, jagunço herói do *Grande sertão: Veredas*. Sabia, sem saber, que *chronos* não se mistura com *kairós*:

> A lembrança da vida da gente se guarda em trechos diversos, cada um com seu signo e sentimento, uns com os outros acho que nem não misturam. Contar seguido, alinhavado, só mesmo sendo as coisas de rasa importância. Tem horas antigas que ficaram muito mais perto da gente do que outras, de recente data.

O Sérgio, meu filho, pai da Mariana, contou-me que, olhando para uma fotografia dela, quase mocinha, de repente compreendeu que estava ficando velho. Claro que ele sabe da idade dele. É só fazer as contas. Quem sabe somar e multiplicar tem a chave para entender as medições de *chronos*. Além disso, havia o espelho: na sua imagem refletida estão as marcas da passagem do tempo, inclusive o cabelo, já branco, antes da hora. Mas o coração dele ainda não havia percebido. Coração não entende *chronos*. Coração entende vida. Foi a fotografia da filha, menina que já tem nove anos, que de repente lhe produziu *satori*: o terceiro olho dele se abriu, ele ficou iluminado – viu-se velho. Sentiu que o tempo passara pelo seu próprio corpo, deixando-o marcado. E chorou. Riobaldo de novo: "Toda saudade é uma espécie de velhice." Velhice não se mede pelos números do *chronos*; ela se mede por saudade. Saudade é o corpo brigando com o *chronos*. De novo o mesmo poema de Ricardo Reis: ele fala do "... deus atroz que os próprios filhos devora sempre". *Chronos* é o deus terrível que vai comendo a gente e as coisas que a gente ama. A saudade cresce no corpo no lugar onde *chronos* mordeu. É um testemunho da nossa condição de mutilados – um tipo de prótese que dói.

Kairós mede a vida pelas pulsações do amor. O amor não suporta perder o que se amou: a filha nenezinho, no colo, no meu colo, nenezinho e colo que o tempo levou – mas eu gostaria que não tivessem sido levados! Estão na fotografia, essa invenção que se inventou para enganar o *chronos*, pelo congelamento do instante.

Chronos me diz que eu nada possuo. Nem mesmo o meu corpo. Se não possuo o meu próprio corpo – o espelho e a fotografia confirmam – como posso pretender possuir coisas com esse corpo que não possuo?

Heráclito foi um filósofo grego que se deixou fascinar pelo tempo. Ele era fascinado pelo rio. Contemplava o rio e via que tudo é rio. Como Vaseduva, o barqueiro que ensinou

Sidarta. Percebeu que não é possível entrar duas vezes no mesmo rio; na segunda vez as águas serão outras, o primeiro rio já não existirá. Tudo é água que flui: as montanhas, as casas, as pedras, as árvores, os animais, os filhos, o corpo... Assim é tudo, assim é a vida: tempo que flui sem parar. Daquilo que ele supostamente escreveu, restam apenas fragmentos enigmáticos. Dentre eles, um me encanta: "Tempo é criança brincando, jogando."

Tempo é criança? O que o filósofo queria dizer exatamente eu não sei. Mas eu sei que as crianças odeiam *chronos*, odeiam as ordens que vêm dos relógios. O relógio é o tempo do dever: corpo engaiolado. Mas as crianças só reconhecem, como marcadores do seu tempo, os seus próprios corpos. As crianças não usam relógios para marcar tempo; usam relógios como brinquedos. Brinquedo é o tempo do prazer: corpo com asas. Que maravilhosa transformação: usar a máquina medidora do tempo para subverter o tempo. Criança é *kairós* brincando com o *chronos*, como se ele fosse bolhas de sabão...

O ano chega ao fim. Ficou velho. *Chronos* faz as somas e me diz que eu também fiquei mais velho. Faço as subtrações e percebo que me resta cada vez menos tempo. Fico triste: saudade antes da hora. A Raquel, quando tinha três anos, me acordou para saber se quando eu morresse eu iria ficar triste! Lembro-me do verso da Cecília, para a avó: "Tu eras uma ausência que se demorava, uma despedida pronta a cumprir-se..."

Aí *kairós* vem em meu socorro, para espantar a tristeza. Vem como criança, brincando com *chronos*. Nas mãos de *kairós*, *chronos* se transforma em bolhas de sabão: redondas, perfeitas, efêmeras, eternas. Como o amor. Amor também é bolha de sabão. Disso sabia o Vinícius que escreveu para a mulher amada: "Que não seja eterno, posto que é chama, mas que seja infinito enquanto dure." Mas, além de todas as namoradas, Vinícius namorava a vida. O amor é a vida acontecendo no momento: sem passado, sem futuro, presente puro, eternidade numa bolha de sabão. Robert Frost, sem ter tantas namoradas, namorou a vida em cada momento. Na sua lápide ele mandou escrever: "Teve um caso de amor com a vida..." Ponho-me a brincar com a vida e uma estranha metamorfose acontece: deixo de ser velho. Sou criança de novo...

Por quê?

Por quê?

Quem faz essa pergunta se encontra diante de um enigma, algo que não entende. Não entende e dói. É preciso que o não entendido doa para que a pergunta brote. Há muitas coisas que não entendemos. Mas elas não doem. Não doendo, não fazemos a pergunta. Fazemos a pergunta para diminuir a dor, para dar sentido à dor. "Por que você não telefonou? Eu estava aflita! Não consegui dormir!" "Por que você não veio para o jantar? Fiquei esperando... O jantar esfriou..." "Por que você está assim, com o rosto coberto de nuvens? Alguma coisa que lhe fiz?"

Quem pergunta "por quê?" deseja uma resposta. Quer uma explicação. Uma dor explicada é uma dor que dói menos. Mas há situações em que a pergunta é feita sem esperança de resposta. Mesmo que a resposta fosse dada, ela não valeria de nada. "Mas por que ele foi ultrapassar na curva, sem visibilidade?" "Mas por que ele resolveu nos deixar assim, partindo para o nunca mais?" "Mas por que o meu filho, criança ainda? Não merecia..." Todas as explicações serão inúteis. Na verdade, o "por quê?", aqui, não é uma pergunta. Não se espera por uma resposta. O "por quê?" é um grito de protesto dirigido aos céus, um urro que surge das vísceras, que nenhuma resposta poderá explicar ou consolar. Grito que se grita diante da dor sem consolo.

Nessa hora não há ateus. Se a cabeça diz que Deus não existe, o coração lhes diz que tem de existir. Não é justo que os céus estejam vazios, que não haja ninguém que responda. Não é justo que o meu grito não seja ouvido até os mais distantes confins do universo! Que é uma galáxia diante do tamanho da minha dor? Há de haver um responsável! Há de haver alguém que eu possa odiar por causa dessa dor. Fernando Pessoa:

Deus pessoal, deus gente, dos que creem,
Existe, para que eu te possa odiar!
Quero alguém a quem possa a maldição

Lançar da minha vida que morri,
E não o vácuo só da noite muda
Que me não ouve.

As religiões, todas elas, na medida em que as conheço, possuem respostas para a pergunta "por quê?" E a resposta que todas dão é a mesma. Diferenças? Nada mais que variações sobre um mesmo tema. E o que todas dizem é que Deus é a causa da dor (não importa como elas pensam que Deus é). É Deus que nos faz sofrer. Sofremos porque Deus quer. Se ele não quisesse, não sofreríamos. Lembro-me de um hino que eu cantava (ainda canto, de vez em quando. A música é bonita... Na beleza da música, frequentemente navegam palavras absurdas!) e que dizia: "Não há dor que seja sem divino fim..." Se assim é, a dor é meio para os propósitos divinos. A dor é ferramenta de Deus. Artífice terrível ele é! E se a dor é dada por Deus, temos de ser gratos por ela. Deveria haver celebrações litúrgicas em seu louvor. O sofrimento é o avesso horrendo de uma tapeçaria cujo lado direito, maravilhoso, só Deus conhece.

Tem de ser assim? Tem de ser assim. É uma exigência da lógica. Os teólogos todos concordam em que Deus tem de ser onipotente. Se não for onipotente, ele não é Deus. Um Deus fraco é impensável. Assim, tudo o que acontece no universo acontece pela sua vontade. Se coisa houvesse que acontecesse à revelia da vontade de Deus, ele não seria onipotente. A lógica exige que para que Deus continue a ser Deus, a dor seja produzida por ele.

    Por que Deus nos faz sofrer? A resposta mais comum é que a dor é um castigo divino por nossa desobediência. Deus é como Papai Noel: dá presentes para os meninos bonzinhos... Fosse verdadeira essa explicação os maus deveriam viver em desertos tórridos e os bons, em oásis verdejantes. E seria uma vantagem enorme fazer o que Deus manda: garantia de que o nenezinho jamais nasceria com Síndrome de Down, nossos filhos pequenos jamais teriam câncer, nossos filhos adolescentes jamais morreriam em acidentes, os negócios sempre iriam bem, o casamento seria feliz, a velhice seria tranquila. E o sofrimento, além da dor, seria motivo de vergonha. Pois somente são castigados os pecadores pelos seus pecados. E assim, o mundo se dividiria entre os que não sofrem, evidência da sua inocência, e os que sofrem, evidência da sua culpa. Pobres viúvas desamparadas, pobres enfermos nos leitos de dor, pobres crianças famintas: todos sofrendo pelo justo dedo de Deus que dá prêmios aos justos e castigos aos injustos. Pascal fez uma curta anotação num dos seus cadernos: "Deus de Jesus Cristo, não o Deus dos filósofos..." Esse Deus que dá prêmios aos bons e castigos aos maus é, com certeza, o Deus dos filósofos, nascido das exigências lógicas.

Deus de Jesus Cristo – é certo que ele não é. Pois ele, absurdamente, faz o seu sol nascer sobre bons e maus, e a sua chuva descer sobre justos e injustos... O Pai não soma créditos. O Pai não soma débitos. Está lá dito, na parábola chamada *O filho pródigo.*

Por que Deus nos faz sofrer? Respondem outros que é por razões pedagógicas. O sofrimento nos torna melhores. O sofrimento nos faz evoluir. É a pedagogia da palmatória: as crianças aprendendo não pelo amor ao saber mas pela dor. É a filosofia das penitenciárias: pelo sofrimento os homens maus ficam bons. E assim poderíamos contemplar o maravilhoso espetáculo: pela porta de entrada das prisões, entrando, os criminosos de rosto duro e cruel. E muitos anos depois, após sofrimentos sem medida, pela porta de saída, saindo, os rostos angelicais dos que haviam entrado como criminosos, transformados pelo poder da dor...

Não, não é verdade que o sofrimento torna melhores as pessoas. O sofrimento frequentemente embrutece, tira a sensibilidade, tira a esperança, torna cruéis as pessoas. Um Deus – ou força cósmica – que usasse o sofrimento para a evolução seria muito curto de inteligência – não saberia aquilo que os homens aprenderam: que a única força capaz de fazer as pessoas ficarem melhores é o amor. E que sentido haveria em falar de evolução em relação à criancinha que sofre e morre sem ter tempo de viver? E chegaríamos então à ridícula conclusão de que os que não estão sofrendo são espíritos evoluídos, que não precisam da pedagogia da tortura, enquanto os que estão sofrendo são espíritos atrasados.

E aí eu me horrorizo com um universo assim, que seja movido pela dor dos homens. Me horrorizo com um Deus – ou força cósmica – onipotente. É impossível amá-lo! Somente um demônio seria capaz de imaginar um universo movido a dor! (Prefiro imaginar que o universo seja movido pelo poder do amor e da alegria!).

Estou olhando um pôster, pendurado na minha parede, de um vitral da catedral gótica de Chartres: a Nossa Senhora Azul, com o Menino Jesus. É de grande beleza! Na minha fantasia, de repente, uma pedra vinda do vazio parte o vitral. Os cacos coloridos se espalham pelo chão. Foi-se a beleza! Foram-se o rosto da Madona e o da criança. Gritam as pessoas: "Por quê?" Respondem as explicações religiosas: "Foi Deus que jogou a pedra." Seria possível amar um Deus assim?

Mas, do vazio – voz de herege – se ouve outra resposta:

> Não há resposta. Não há um "porque" que responda ao "por quê?" Não há razões. Ninguém lançou a pedra. Deus não lançou. Deus não queria. Ele amava

o vitral. Está triste. Foi acidente. Um meteoro. Nem tudo é Deus que faz. Poderia ter caído em outro lugar. A dor é simplesmente dor, sem sentido, sem um divino fim.

E aí, olhando para os cacos do vitral espalhados pelo chão, sem sentido, vê-se um vulto, catando os cacos, um a um, e pacientemente os arranjando de novo, como um quebra-cabeça.

Num Deus assim eu gostaria de acreditar. Um Deus assim eu poderia amar. E até me juntaria a ele, ajudando-o a catar os cacos.

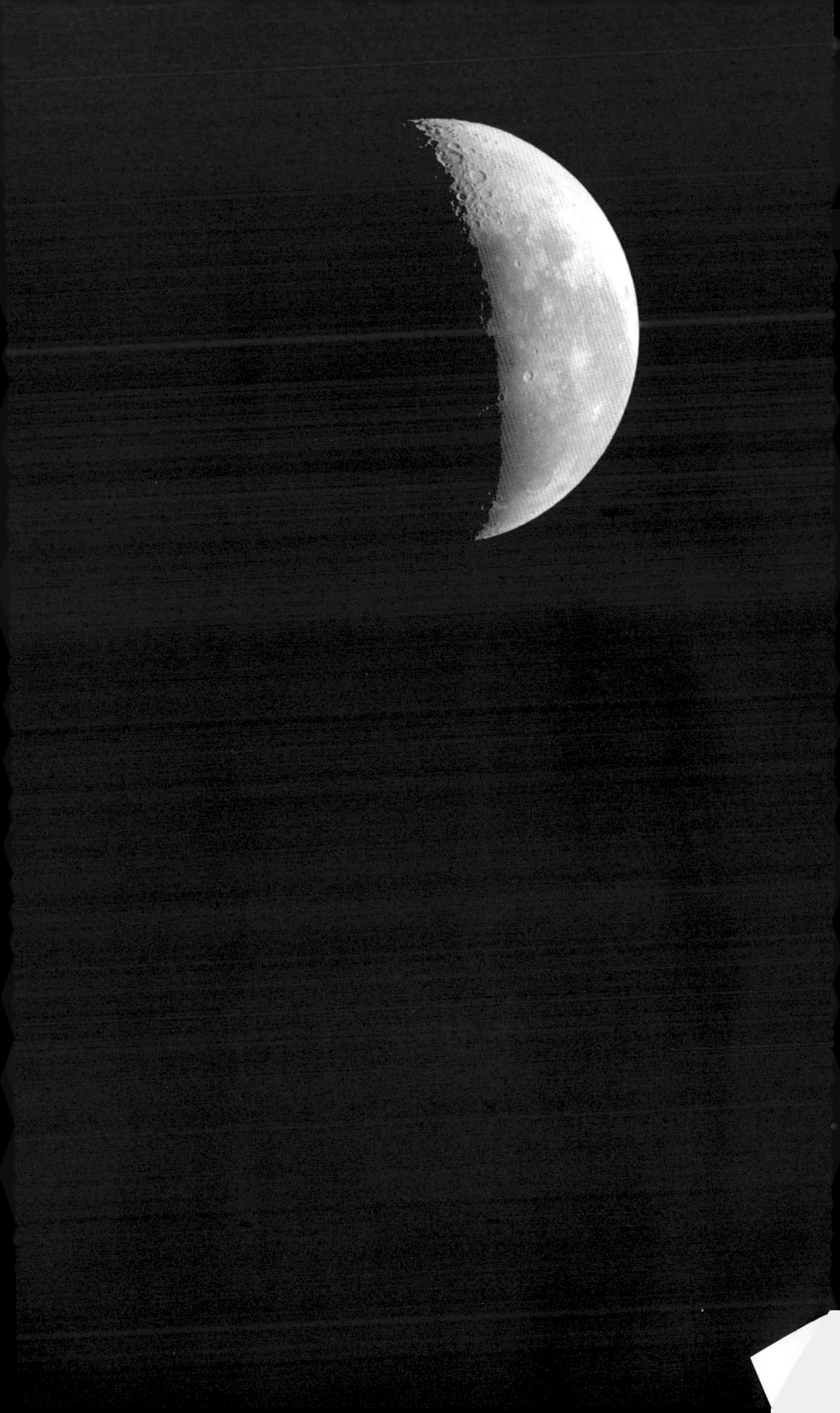

De excrementis diaboli[*]

Segundo os que acreditam em vidas passadas, eu já devo ter sido papa ou cardeal. E isso porque, vez por outra, sinto um impulso irresistível para escrever encíclicas. Tenho, inclusive, uma já pronta no arquivo "Encíclicas" do meu computador. É a *De rerum vetustarum*, a substância da qual sendo a volta obrigatória e universal do latim em todas as coisas da Igreja, com as devidas justificativas pastorais para tal retorno a uma prática velha abandonada. Pois o tal impulso irresistível para escrever encíclicas está me atacando de novo, e já tenho pronto o esboço da próxima, intitulada *De excrementis diaboli*.

---

[*] Publicada no jornal *Folha de S.Paulo*.

Explico o caminho que me levou a tal decisão. Tudo começou com minha preocupação com o lixo. Nas zonas rurais antigas lixo não existia. As bananeiras e outras plantas eram revitalizadas pelos excrementos humanos, e os porcos, galinhas e cachorros tratavam de reciclar todas as sobras orgânicas de comida sendo que, naqueles tempos, nada havia que se assemelhasse a plástico, garrafas, latas de refrigerantes e pneus. O lixo estava integrado à vida.

O lixo se tornou um problema nas cidades. Sem moitas de bananeiras e similares e sem os recicladores animais, as fezes, a urina e as sobras se transformavam em montanhas, tornando-se morada de ratos, baratas, moscas e de todos os tipos de pragas microscópicas. Tão horrível era a situação que surgiu a necessidade de serviços públicos para a coleta do lixo e, se não me engano, a Genebra do férreo Calvino foi a primeira cidade a cuidar do assunto.

Hoje o problema do lixo assume proporções apocalípticas e infernais. As toneladas de fezes e urina produzidas pelos milhões que moram nas grandes cidades são impensáveis – e vivemos na ilusão de que uma descarga de água na privada tem o poder de fazê-las desaparecer magicamente. "Longe dos olhos, longe do coração – e do pensamento."

O problema fica infinitamente mais grave quando pensamos nos novos e fantásticos materiais produzidos pela ciência e pela indústria. Os plásticos, os pneus, as garrafas, as latas de refrigerantes, o papel (aproxima-se o Natal, e com ele o dilúvio...). Para onde vão? Vão para algum lugar e aí ficam, sendo que os produtos de plástico e os pneus atravessam os milênios.

Para mim essa era uma questão puramente acadêmica, embora dolorosa. Mas aí, eu vi. Havia na Unicamp um dia em que a universidade ficava aberta à visitação dos jovens que sonhavam com uma carreira acadêmica e científica. Pois no *day after* à visita desses produtos acabados da nossa educação, o campus parecia o Armagedon depois da batalha: o lixo espalhado por todos os lados teria sido motivo para uma tela infernal de Bosch. E o meu amigo professor Hermógenes, diretor do Horto da universidade, contava-me que era preciso plantar árvores novas para substituir as jovens e tenras que haviam sido quebradas pelos visitantes.

Aposentei-me. Esqueci-me. Mas aí as visões apocalípticas do lixo me voltaram quando visitei Caruaru, cidade de povo gentil e artesãos maravilhosos. Pois o que mais me impressionou não foi a sua monumental feira de artesanato, mas o lixo espalhado por toda parte. Disse, para mim mesmo, que se eu fosse prefeito daquela cidade, meu primeiro ato seria convocar um mutirão de todo mundo, eu na frente, para catar o lixo. Limpeza é coisa boa. Faz bem aos olhos. Faz bem ao nariz. Faz bem à saúde.

O tempo passou. Novamente me esqueci. Aí visitei Aparecida do Norte, santuário da bendita Virgem, padroeira do Brasil, amada por todos. Pois o lixo que se acumulava ao redor da Basílica era ainda maior. Fiquei horrorizado porque pensava que quem ama a Virgem deve amar e cuidar da limpeza de sua casa. Pois é certo que a casta mãe do Salvador devia amar a limpeza. Caso contrário não teria sido escolhida.

Dei-me conta, então, de que nunca ouvi nem padre, nem pastor, nem guru, nem vidente, nem missionário, nem bispo, pregar sermão contra o lixo. Pois o lixo está para esse mundo de Deus da mesma forma como o pecado está para as almas. Se é preciso limpar as almas, é preciso também limpar o mundo.

Foi então que me surgiu a ideia da encíclica *De excrementis diaboli*. Compõe-se de três partes:

Na primeira anuncia-se a criação de uma nova ordem, à semelhança dos dominicanos, franciscanos, camilianos, jesuítas etc. Será uma ordem que se dedicará a um serviço humilde e necessário: a catação do lixo. Será comovente ver os frades saindo diariamente com seus sacos de aniagem (não de plástico; o plástico polui) pelas ruas, praças, feiras, pelos mercados, pátios de basílicas, parques, catando o lixo. Vale, sobretudo, o seu exemplo.

Na segunda parte a encíclica estabelece que o ato de jogar lixo é pecado mortal. Assim, nas confissões, esgotados os adultérios, furtos e mentiras, o confessor perguntará: "E quanto ao lixo, meu filho? Fale sobre os lixos que você tem jogado neste mundo de Deus..."

Finalmente, a encíclica estabelece um novo tipo de penitência. As penitências comuns, sob a forma de repetições de rezas, encorajam os pecadores à reincidência, posto que podem ser cumpridas de forma mecânica, sem sofrimento. As penitências serão transformadas em sacos de lixo. Mentiras, cinco sacos de lixo cheios. Infidelidade, quinze sacos de lixo cheios. Violência, cinquenta sacos de lixo cheios. E assim por diante. A absolvição só será dada depois da entrega dos sacos de lixo.

Há indicações teológicas de que o lixo é uma manifestação anal-escatológica dos aparelhos excretores do Diabo, fezes e gases que ele expele, com o propósito de zombar do Criador e empestear a Criação, o que explica o título da encíclica, *Sobre os excrementos do diabo*. Assim sendo, o ato de catar lixo se transforma em virtude cujo objetivo é limpar o mundo das fezes do Coisa-Ruim, para assim restabelecer o Paraíso perfumado e limpo que Deus criou... Limpeza é virtude teologal.

Bem, se a encíclica nunca vier a ser promulgada, os líderes religiosos bem que poderiam brincar com a ideia...

"... e uma criança pequena os guiará"

A fotografia é simples, apenas um detalhe: duas mãos dadas, uma mão segurando a outra. Uma delas é grande, a outra é pequena, rechonchuda. Isso é tudo. Mas a imaginação não se contenta com o fragmento – completa o quadro: é um pai que passeia com seu filhinho. O pai, adulto, segura com firmeza e ternura a mãozinha da criança: a mãozinha do filho é muito pequena, termina no meio da palma da mão do pai. O pai vai conduzindo o filho, indicando o caminho, vai apontando para as coisas, mostrando como elas são interessantes, bonitas, engraçadas. O menininho vai sendo apresentado ao mundo.

É assim que as coisas acontecem: os grande ensinam, os pequenos aprendem. As crianças nada sabem sobre o mundo. Também, pudera! Nunca estiveram aqui. Tudo é novidade. Alberto Caeiro tem um poema sobre o olhar (dele), que ele diz ser igual ao de uma criança:

> *O meu olhar é nítido como um girassol. (...)*
> *E o que vejo a cada momento*
> *É aquilo que nunca antes eu tinha visto,*
> *E eu sei dar por isso muito bem...*
> *Sei ter o pasmo essencial*
> *Que tem uma criança se, ao nascer,*
> *Reparasse que nascera deveras...*
> *Sinto-me nascido a cada momento*
> *Para a eterna novidade do mundo.*

O olhar das crianças é pasmado! Veem o que nunca tinham visto! Não sabem o nome das coisas. O pai vai dando os nomes. Aprendendo os nomes, as coisas estranhas vão ficando conhecidas e amigas. Transformam-se num rebanho manso de ovelhas que atendem quando são chamadas.

Quem sabe as coisas são os adultos. Conhecem o mundo. Não nasceram sabendo. Tiveram de aprender. Houve um tempo quando a mãozinha rechonchuda era a deles. Um outro, de mão grande, os conduziu. O mais difícil foi aprender quando não havia ninguém que ensinasse. Tiveram de tatear pelo desconhecido. Erraram muitas vezes. Foi assim que os caminhos e rotas foram descobertos. Já imaginaram os milhares de anos que tiveram de se passar até que os homens aprendessem que certas ervas têm poderes de cura? Quantas pessoas tiveram de morrer de frio até que os esquimós descobrissem que era possível fabricar casas quentes com o gelo! E as comidas que comemos, os pratos que nos dão prazer! Por detrás deles há milênios de experimentos, acidentes felizes, fracassos! Vejam o fósforo, essa coisa insignificante e mágica: um esfregão e eis o milagre: o fogo na ponta de um pauzinho. Eu gostaria, um dia, de dar um curso sobre a história do pau de fósforo. Na sua história há uma enormidade de experimentos e pensamentos.

Ensinar é um ato de amor. Se as gerações mais velhas não transmitissem o seu conhecimento às gerações mais novas nós ainda estaríamos na condição dos homens pré-históricos. Ensinar é o processo pelo qual as gerações mais velhas transmitem às gerações mais novas, como herança, a caixa onde guardam seus mapas e ferramentas. Assim as crianças não precisam começar da estaca zero. Ensinam-se os saberes para poupar àqueles que não sabem o tempo e o cansaço do pensamento: saber para não pensar. Não preciso pensar para riscar um pau de fósforo.

Os grandes sabem. As crianças não sabem.

Os grandes ensinam. As crianças aprendem.

Está resumido na fotografia: o de mão grande conduz o de mãozinha pequena. Esse é o sentido etimológico da palavra "pedagogo": aquele que conduz as crianças.

Educar é transmitir conhecimentos. O seu objetivo é fazer com que as crianças deixem de ser crianças. Ser criança é ignorar, nada saber, estar perdido. Toda criança está perdida no mundo. A educação existe para que chegue um momento em que ela não esteja mais perdida: a mãozinha de criança tem de se transformar em mãozona de um adulto que não precisa ser conduzido: ele se conduz, ele sabe os caminhos, ele sabe como fazer. A educação é um progressivo despedir-se da infância.

A pedagogia do meu querido amigo Paulo Freire amaldiçoava aquilo que se denomina ensino "bancário" – os adultos vão "depositando" saberes na cabeça das crianças da mesma forma como depositamos dinheiro num banco. Mas me parece que é assim mesmo que acontece com os saberes fundamentais: os adultos simplesmente dizem *como* as coisas são, *como* as coisas são feitas. Sem razões e explicações. É assim que os adultos ensinam as crianças a andar, a falar, a dar laço no cordão do sapato, a tomar banho, a descascar laranja, a nadar, a assobiar, a andar de bicicleta, a riscar o fósforo. Tentar criar "consciência crítica" para essas coisas é tolice. O adulto mostra como se faz. A criança faz do jeito como o adulto faz. Imita. Repete. Mesmo as pedagogias mais generosas, mais cheias de amor e ternura pelas crianças, trabalham sobre esses pressupostos. Se as crianças precisam ser conduzidas é porque elas não sabem o caminho. Quando tiverem aprendido os caminhos andarão por conta própria. Serão adultos.

Todo mundo sabe que as coisas são assim: as crianças nada sabem, quem sabe são os adultos. Segue-se, então, logicamente, que as crianças são os alunos e os adultos são os professores. Diferença entre quem sabe e quem não sabe. Dizer o contrário é puro *nonsense*. Porque o contrário seria dizer que as crianças devem ensinar os adultos. Mas, nesse caso, as crianças teriam um saber que os adultos não têm. Se já tiveram, perderam... Mas quem levaria a sério tal hipótese?

Pois o Natal é essa absurda inversão pedagógica: os grandes aprendendo dos pequenos. Um profeta do Antigo Testamento, certamente sem entender o que escrevia – os profetas nunca sabem o que estão dizendo –, resumiu essa pedagogia invertida numa frase curta e maravilhosa: "... e uma criança pequena os guiará" (Isaías 11.6).

Se colocarmos esse moto ao pé da fotografia tudo fica ao contrário: é a criança que vai mostrando o caminho. O adulto vai sendo conduzido: olhos arregalados, bem abertos, vendo coisas que nunca viu. São as crianças que veem as coisas – porque elas as veem sempre pela primeira vez com espanto, com assombro de que elas sejam do jeito como são. Os adultos, de tanto vê-las, já não as veem mais. As coisas – as mais maravilhosas – ficam banais. Ser adulto é ser cego.

Os filósofos, cientistas e educadores acreditam que as coisas vão ficando cada vez mais claras à medida que o conhecimento cresce. O conhecimento é a luz que nos faz ver. Os sábios sabem o oposto: existe uma progressiva cegueira das coisas à medida que o seu conhecimento cresce. "Vale mais a pena ver uma coisa sempre pela primeira vez que conhecê-la. Porque conhecer é como nunca ter visto pela primeira vez..." As crianças nos fazem ver "a eterna novidade do mundo..." (Fernando Pessoa).

Janucz Korczak, um dos grande educadores do nosso século – foi voluntariamente com as crianças da sua escola para a câmara de gás de um campo de concentração nazista –, deu, a um dos seus livros, o título: *Quando eu voltar a ser criança*. Ele sabia das coisas. Era sábio. Lição da psicanálise: os cientistas e os filósofos veem o lado direito. Os sábios veem o avesso. O avesso é este: os adultos são os alunos; as crianças são os mestres. Por isso os magos, sábios, deram por encerrada a sua jornada ao encontrarem um menininho numa estrebaria... No Natal todos os adultos rezam a reza mais sábia de todas, escrita pela Adélia: "Meu Deus, me dá cinco anos, me dá a mão, me cura de ser grande..."

O Deus menino

Quem primeiro percebe são os poetas. Isso se deve ao fato de que os seus olhos são diferentes. Por isso eles veem as coisas ao revés. Poesia são as coisas vistas ao contrário. Não é coisa do pensamento, é coisa da visão. Quando as pessoas, ao ouvirem um poema, dizem que não entenderam e pedem explicações, é porque elas puseram o poema no lugar errado, no lugar onde moram os pensamentos. Mas um poema não é para ser pensado na cabeça. É para ser visto com os olhos.

Os poetas, por terem olhos diferentes, veem também diferente. Veem o mundo ao contrário. A verdade deles é o oposto da verdade dos adultos. Os adultos pensam assim: as crianças nada sabem, quem sabe são os adultos; por isso as crianças aprendem e os adultos ensinam; infância é ponto de partida; a condição adulta é o destino, ponto de chegada.

Os adultos querem andar para a frente. Progredir. Evoluir. Os poetas sabem que a alma não deseja ir para a frente. A alma é movida pela saudade. A saudade não deseja ir para a frente. Ela deseja voltar.

Andar para a frente pode ser um equívoco. Aforismo de Eliot: "Numa terra de fugitivos aquele que anda na direção contrária parece estar fugindo." Por vezes andar para a frente é ficar cada vez mais longe. Os adultos andam para a frente. Os poetas parecem andar para trás. Os adultos dizem que eles estão fugindo. Mas não. Como os salmões, que deixam o mar e voltam às nascentes de águas cristalinas onde nasceram, os poetas desejam voltar às suas origens. É lá que mora a verdade que os adultos esqueceram. Fogem da loucura da vida adulta. Buscam reencontrar a simplicidade da infância. Acho que é isso que Eliot queria dizer quando escreveu: "E, ao final de nossa longa exploração, chegaremos finalmente ao lugar de onde partimos e o conheceremos então pela primeira vez."

"Meu Deus, me dá cinco anos, me dá a mão, me cura de ser grande..." A Adélia Prado está doente. Doente de ser grande. Ser grande é estar doente. E doença precisa ser tratada. Se não for tratada vira loucura. Para se curar *adultite* é preciso tomar chá de infância, virar criança de novo...

Para isso bom é ler a poesia do Manoel de Barros. Manoel de Barros é uma criança. Quem lê o que ele escreve vira criança. Ele brinca com as palavras.

> O que eu queria era fazer brinquedos com as palavras.
> Fazer coisas desúteis. Eu queria avançar para o começo.
> Chegar ao acriançamento das palavras.

Em busca do lugar de onde se partiu... A poesia do Manoel de Barros anda para trás, para longe da loucura do mundo adulto. Para isso ele não mede palavras:

> *Preciso de atrapalhar as significâncias. O despropósito é mais saudável que o solene. Para limpar as palavras de alguma solenidade – uso bosta. Nasci para administrar o à toa, o em vão, o inútil. Prefiro as máquinas que servem para não funcionar: quando cheias de areia, de formiga e musgo – elas podem um dia milagrar de flores. Também as latrinas desprezadas que servem para ter grilos dentro – elas podem um dia milagrar violetas. Senhor, eu tenho orgulho do imprestável.*

Um homem como esse é um perigo em qualquer reunião de adultos sérios e responsáveis.

Bernardo Soares, uma das entidades-Fernando Pessoa, é explícito: os adultos são burros, as crianças são inteligentes.

> Sim, julgo às vezes, considerando a diferença hedionda entre a inteligência das crianças e a estupidez dos adultos, que somos acompanhados na infância por um espírito da guarda, que nos empresta a própria inteligência astral, e que depois, talvez com pena, mas

por uma lei alta, nos abandona, como as mães animais às crias crescidas, ao cevado que é o nosso destino.

Discordo só num ponto: a inteligência astral não nos abandona em decorrência de uma lei mais alta. Ela nos abandona por ser incompatível com a adultice. A inteligência adulta é grave. Faz afundar. A inteligência infantil é leve. Faz levitar.

Ricardo Reis – outra entidade-Fernando Pessoa – num poema-sabedoria diz que o segredo é nos tornarmos discípulos das crianças.

Mestre, são plácidas
Todas as horas
Que nós perdemos,
Se no perdê-las,
Qual numa jarra,
Nós pomos flores.

Não há tristezas
Nem alegrias
Na nossa vida.
Assim saibamos,
Sábios incautos,
Não a viver,
Mas decorrê-la,
Tranquilos, plácidos,
Tendo as crianças
Por nossas mestras
E os olhos cheios
De Natureza.

Quando os adultos ensinam nos tornamos cientistas: aprendemos a ciência de dominar o mundo. Quando são as crianças que ensinam nós nos tornamos sábios: aprendemos a arte de viver.

Alberto Caeiro conta como Jesus Menino, cansado do céu, fugiu e veio viver com ele como uma criança igual a todas as outras.

No céu era tudo falso, tudo em desacordo
Com flores e árvores e pedras.
No céu tinha de estar sempre sério (...)
Fugiu para o sol
E desceu pelo primeiro raio que apanhou.
Hoje vive na minha aldeia comigo.
É uma criança bonita de riso natural.

A mim ensinou-me tudo.
Ensinou-me a olhar para as coisas.
Aponta-me todas as coisas que há nas flores.
Mostra-me como as pedras são engraçadas
Quando a gente as tem na mão
E olha devagar para elas.

A Criança Nova que habita onde vivo
Dá-me uma mão a mim
E a outra a tudo que existe
E assim vamos os três pelo caminho que houver,
Saltando e cantando e rindo
E gozando o nosso segredo comum
Que é o de saber por toda a parte

Que não há mistério no mundo
E que tudo vale a pena.

A Criança Eterna acompanha-me sempre.
A direção do meu olhar é o seu dedo apontando.
O meu ouvido atento alegremente a todos os sons
São as cócegas que ele me faz, brincando, nas orelhas. (...)
Depois ele adormece e eu deito-o.
Levo-o ao colo para dentro de casa
E deito-o, despindo-o lentamente.
E como seguindo um ritual muito limpo
E todo materno até ele estar nu.

Ele dorme dentro da minha alma
E às vezes acorda de noite
E brinca com os meus sonhos.
Vira uns de pernas para o ar,
Põe uns em cima dos outros
E bate palmas sozinho
Sorrindo para o meu sono.

Quando eu morrer, filhinho,
Seja eu a criança, o mais pequeno.
Pega-me tu ao colo
E leva-me para dentro da tua casa.
Despe o meu ser cansado e humano
E deita-me na tua cama.
E conta-me histórias, caso eu acorde,
Para eu tornar a adormecer.
E dá-me sonhos teus para eu brincar
Até que nasça qualquer dia que tu sabes qual é.

O Natal é um poema. Nele Deus se revela como criança. O Deus adulto é terrível: grave, sério, não ri, não dorme, seus olhos estão sempre abertos, nem mesmo têm pálpebras, jamais esquece, e registra tudo nos seus livros de contabilidade que serão abertos no Dia do Juízo para o acerto final de contas. O Deus adulto dá medo. Nele não há amor. Isso nada tem a ver com uma criança: criança é esquecimento, riso, brinquedo, um eterno começo... Não é por acaso que o Menino Jesus tenha fugido do Deus adulto.

Prefiro o Deus criança. No colo de um Deus criança eu posso dormir tranquilo.

Duas estórias de Natal

Por causa da palavra "estória" já tive várias querelas com revisores. Eles, instruídos pelos gramáticos, não aceitam a palavra "estória" e corrigem-na para "história". Ignoram que os gramáticos sabem tanto sobre a língua quanto os anatomistas sabem sobre a arte de fazer amor. Não conheço gramático que tenha sido escritor. Certamente não leram Guimarães Rosa, que declara que "a estória não quer transformar-se em história". "História" é aquilo que aconteceu uma vez e não acontece nunca mais. "Estória" é aquilo que não aconteceu nunca porque acontece sempre. A "história" pertence ao tempo; é ciência. A "estória" pertence à eternidade; é magia.

Quem sabe a "história" fica do mesmo jeito. Quem ouve uma "estória" pode ficar outro.

O Natal é tempo de contar estórias. É tempo de ficar outro. Vou contar duas estórias: uma velha e outra nova.

Primeira estória: "... e saíram eles, pelas solidões dos desertos, montados em seus camelos, atraídos pela luz de uma estrela..." Dizem que eram reis. Não eram. Um rei que abandonasse o reino e saísse a andar pelos caminhos do mundo seguindo a luz de uma estrela seria deposto pelos generais: havia enlouquecido. Não, não eram reis. As Sagradas Escrituras dizem que eram magos. O dicionário *Webster* me informou que "mago" designava, originalmente, alguém "pertencente a uma casta de pessoas educadas e eruditas na antiga Pérsia". Alguém que vivia para estudar, para saber. Próximo a um filósofo. Os magos dessa estória consultavam os astros no céu para compreender o caminho dos homens na terra. Eram astrólogos. Para a astrologia os céus são um espelho onde os mistérios da terra aparecem resolvidos.

Pois esses magos, examinando os céus, descobriram uma estrela brilhante como nenhuma outra. Ficaram fascinados com seu brilho. E essa estrela lhes contou que ela, desde tempos imemoriais, estivera procurando a mesma coisa que eles procuravam. Seus raios haviam varrido o universo desde o seu início até o seu fim, na busca daquilo que dá sentido ao existir.

Inutilmente. Mas, de repente, quando seus raios acidentalmente incidiram sobre esse planeta insignificante chamado Terra, encontraram um brilho que não haviam encontrado em lugar algum. Ela compreendeu, então, que aquilo que ela havia procurado nos céus não se encontrava nos céus, entre as estrelas. Encontrava-se na Terra. A estrela disse então aos magos que deixassem de olhar para ela. Que olhassem antes para o lugar, na Terra, que sua luz iluminava.

Foi assim que a sua longa jornada começou, seguindo o caminho que a luz da estrela indicava. E ao final de sua longa peregrinação chegaram ao lugar procurado. Banhado pela suave luz azul da estrela, em meio a vacas, jumentos e palha, encontrava-se um nenezinho. Eles, então, foram iluminados. Não pela luz da estrela. Mas pela luz da criança. Perceberam que sua busca havia chegado ao fim. Aquilo que os adultos esqueceram e que a sabedoria busca – as crianças sabem. Ser sábio é ser criança. O universo é um berço onde dorme uma criança. E desde aquele dia eles deixaram de olhar para as estrelas e passaram a olhar para as crianças.

Segunda estória: "... e saíram eles, pelas solidões dos céus, em suas naves espaciais, atraídos pela música de um astro..."

Sim, não fora a luz de Júpiter que os atraíra. Fora a música estranha que vinha de lá – como um canto de sereias ao qual não se pode resistir. E eles que até então haviam-se pensado como viajantes solitários, num universo desértico! *2001, Uma odisseia no espaço* – esse é o nome do filme. Está nas locadoras. "Odisseia" é a estória de Odisseu, herói da guerra de Troia, navegando pelos mares, para voltar ao lar. "Odisseia no espaço": o lar ainda não foi encontrado. Restam os espaços sem fim. E a viagem continua, enquanto o lar não se encontra... Três quartos do filme são aventuras, em meio aos assombros e banalidades do mundo tecnológico. Mas a viagem, após milhões de quilômetros, vai chegando ao fim. Júpiter, o destino, aproxima-se. Repentinamente, um corte. A tela se transforma num torvelinho de cores e a nave mergulha num mundo psicodélico de imagens fantásticas, confusas, sem sentido, nauseantes. De repente, magicamente, o astronauta chega ao seu destino. Ele se descobre dentro de uma casa. A atmosfera é esverdeada. Cessa a música. O silêncio é absoluto. Apenas a respiração do astronauta. A viseira cobre a tela inteira. Eu, espectador, vejo a cena com os olhos do astronauta. É uma sala de refeições comum. Ao fundo um homem assentado toma o seu café da manhã. Ouve-se o barulho dos talheres batendo na louça. Ao lado da mesa, um copo de cristal, cheio de água. O homem, sentindo-se observado, volta-se vagarosamente e olha com olhar tranquilo para o rosto do astronauta, para o meu rosto. O seu rosto é familiar. É o rosto do astronauta! Só que muito mais velho. Então foi isso – viajou milhões de quilômetros para chegar à sua própria casa? Compreendeu, então, a frase de Eliot:

"Ao fim de nossas longas explorações chegaremos finalmente ao lugar de onde partimos e o conheceremos então pela primeira vez..."

Um movimento brusco – o braço esbarra no copo, o copo cai e se parte em mil pedaços "... antes que se quebre a taça de ouro...": ninguém disse, não está escrito em lugar algum. Mas eu me lembrei: está escrito no Livro Sagrado. É a morte. De novo um corte. A cena agora é um quarto. O mesmo homem, agora velho, velhíssimo, um rosto coberto de rugas: está morrendo, agoniza numa cama, olhos muito abertos, fixos no teto do quarto. Mas o teto se abre e aparece então, para seus olhos morrentes, um maravilhoso céu estrelado, milhões de estrelas e galáxias brilhantes. E, entre elas, flutuante, um feto, olhos enormes, maravilhados, olhos que só as crianças têm... Ninguém disse, não está escrito em lugar algum. Mas eu me lembrei – está escrito no livro sagrado: "É necessário nascer de novo. Em verdade vos digo que se não voltardes a ser crianças jamais vereis o sentido da vida."

Duas estórias. Para serem contadas no Natal. Uma antiga, outra nova. Tão diferentes e tão iguais. As duas dizem a mesma coisa.

Em nome do Avô, do Neto e da Brincadeira...*

O fato é que Deus se cansou de ser Deus. Eu também me cansaria. Esse cansaço... Lembrei-me de um poema de Fernando Pessoa:

Tenho dó das estrelas
Luzindo há tanto tempo,
Há tanto tempo...
Tenho dó delas.
Não haverá um cansaço
Das coisas, de todas as coisas,
Um cansaço de existir,
De ser,
Só de ser...

---

* Publicada no jornal *Folha de S.Paulo*.

Deus deve sentir o cansaço das estrelas...

Segundo as Sagradas Escrituras o universo começou com o cansaço. Deus se cansou das coisas do jeito como tinham sido desde toda a eternidade. Se não estivesse cansado delas – tédio – não teria criado o mundo. Heine, poeta alemão, no seu poema *A canção do Criador* diz que Deus resolveu criar para se curar. "A doença foi a fonte do meu impulso criador", diz Deus. "Criando, convalesci, criando, fiquei sadio de novo."

Mas a doença era mais grave do que se pensava. Era feitiço. Feitiço, como se sabe, é uma palavra que gruda na outra pessoa e sobre ela opera uma transformação malvada. A bruxa diz "sapo", o príncipe vira sapo. Foi isso que os homens fizeram: falaram demais sobre Deus. Grudaram nele os seus pensamentos. E ele ficou doente.

As intenções eram boas. Achavam que Deus tinha de ser o máximo. Anselmo, um dos teólogos mais importantes da tradição cristã, disse que "Deus é aquilo maior do que pensar não se pode". Assim, se saber é bom, segue-se logicamente que saber muito é melhor. E saber infinitamente é divino. Deus, assim, tem de saber tudo: é onisciente. Ter poder é coisa boa: a gente anda, vê, faz amor, fala, come. O poder para fazer essas coisas dá alegria. Deus, alegria suprema por definição, tem logicamente de ter poder infinito, para estar eternamente alegre: ele é onipotente. E há o prazer da presença: a alegria de estar aqui, neste estúdio, cercado de objetos que me são caros, escrevendo. Mas, pelo fato de estar aqui, não estou nem nas montanhas nem nas praias. Minha presença aqui é a minha ausência de todos os outros lugares. Com Deus é diferente. Sua presença enche todos os espaços. Ele é onipresente.

Perfeições? Não as quereria para mim. Ficaria louco instantaneamente. Borges escreveu um conto sobre um homem de memória perfeita: *Fulnes, o memorioso*. A memória de Fulnes era tão perfeita que nela ficavam guardadas todas as folhas de uma árvore. Mas as folhas balançam com o vento. A memória de Fulnes registrava cada alteração. Na memória de Fulnes não havia uma árvore. Havia infinitas árvores: a das 14:30 e um segundo, a das 14:30 e dois segundos, a das 14:30 e três segundos – e assim sucessivamente, cada uma delas com um nome diferente. Tomem o Fulnes e o elevem ao infinito: assim seria uma mente onisciente – ela conheceria todos os bateres de asas de todas as abelhas, de todos os beija-flores, de todas as moscas, de todos os insetos e de todas as aves. Conheceria todos os espermatozoides nas ejaculações de todos os bichos; todos os movimentos de fezes e urinas; todas as sementes de capim; todos os cheiros e fedores; todos os pensamentos havidos e por haver; todas as letras, em todos os livros do mundo; todas as notas em todas as partituras musicais. Pobre Deus! Não poderia descansar nem dormir. Seus olhos sem pálpebras jamais se fechariam. Não poderiam se fechar. Não poderia gozar uma canção. Para se escutar uma canção é preciso que todas as outras canções sejam silenciadas. Mas a onisciência lhe proíbe isso. E nem poderia ler um livro de Saramago: ao texto do escritor português se misturariam os textos de todos os livros já escritos e por escrever.

O mesmo pode ser dito de todas as outras perfeições divinas. Eu odiaria estar presente em todos os lugares ao mesmo tempo. Estar presente em todos os lugares é não estar presente em lugar algum. E eu odiaria ser onipotente. A onipotência me tiraria o prazer de brincar. Brincar só tem graça se houver a possibilidade do erro. Tocar piano, jogar sinuca, cozinhar, escalar montanha, rodar pião, escrever um texto: tudo ficaria sem graça porque tudo daria sempre certo, magicamente. E não há nada mais chato que isso.

Alberto Caeiro contou, num poema, que o Menino Jesus se cansou do céu e fugiu para a terra, escorregando num raio de sol. "No céu tudo é estúpido, tudo é falso, em desacordo com flores e árvores e pedras. No céu ele tinha de estar sempre sério..." Preferiu ser um menino comum, que faz as coisas que os meninos comuns fazem. Mas, para que ninguém soubesse que ele havia fugido e não se pusessem, assim, à sua procura, ele fez um milagre: montou uma farsa – fez com que parecesse que ele ainda estava no céu. Fugiu, deixando lá o Deus Pai e o Espírito Santo.

Alberto Caeiro é mestre em taoísmo. Mas não sabe muito as coisas da teologia. A verdade é outra. Não foi só o Menino Jesus que fugiu. Foi a Santíssima Trindade. Fugiram os três, e deixaram a farsa montada, para enganar. Fizeram isso por medo. Não de Herodes, mas dos teólogos e religiosos. Ficaram com medo de que eles começassem tudo de novo.

O Natal anuncia que Deus fugiu de ser Deus. Invejou os prazeres que os homens podiam ter e ele não: dormir, tomar banho de cachoeira, chupar mexerica, brincar, fazer amor, ter de se esforçar por conseguir. A teologia cristã dá a isso o nome de "encarnação". O Natal é Deus dizendo que divino, mesmo, é o humano.

Agora os três andam pela terra. Não mais como Pai, Filho e Espírito Santo. Esses ficaram no céu. Andam como Avô, Neto e Brincadeira. Pai não serve. Tem de ser o avô. E por que Brincadeira, em vez de Espírito Santo? Porque o Espírito Santo, na tradição teológica ortodoxa, é o que acontece entre o Pai e o Filho. (Só para os teólogos: é o *filioque*.)

Mas ora, o que acontece entre a primeira e a segunda pessoas da Trindade? Ora, o que acontece entre o Avô e o Neto é que eles brincam. Brincar é a mais divina de todas as atividades! Assim, em harmonia com o espírito do Natal, sugiro que a grave fórmula litúrgica "Em nome do Pai, do Filho e do Espírito Santo" seja substituída pela leve (pneumática!) fórmula litúrgica "Em nome do Avô, do Neto e da Brincadeira"...

GRÁFICA PAYM
Tel. [11] 4392-3344
paym@graficapaym.com.br